# 고래 365

# 고래 365

이시은 소설집

도서출판 북인

# 십 년 만에 골방 벗어나 빛 한가운데로

내게는 세 개의 방이 있다. 뒷방과 자취방, 율방. 이름을 달리한 방들은 내 삶의 한 시절들을 고스란히 담고 있다. 하나같이 좁고 어둑한 골방이다.

유년의 집은 언제나 시끄러웠다. 백부가 일찍 돌아가시는 바람에 큰집 식구들과 함께 살았기 때문이다. 첫째도 막내도 아닌 나는 어머니의 시선 밖에 있었다. 어머니는 공평하게 사랑을 주려고 애썼다. 떡 한 조각이라도 골고루 나눠주기 위해 조금씩 뜯곤 했다. 나는 오빠들이나 언니들처럼 떡에 달려들지 않았다. 멀찌감치 서서 손톱을 물어뜯을 뿐이었다. 어차피 내게 돌아오지 않을 떡이었다. 그럴 때면 뒷방으로 갔다. 슬그머니 사라지는 늙은이처럼 뒷방에서 먹지 못한 떡에 대한 서러움과 원망을 백지에 끄적이곤 했다.

뒷방에는 크고 작은 자루가 많았다. 흰콩이며 씨감자, 참깨, 볍씨 따위의 씨앗들은 다음해 농사를 위해 얌전히 자루 속에 들어 있었다. 나는 자루 사이에 이불을 펴고 잠을 잤다. 달고 깊은 잠 속으로 많은 꿈들이 들락거렸다. 자고 일어나면 씨앗들과 길고 긴 얘기를 나눈 듯했다.

직장을 다니며 갖게 된 자취방은 허름한 주택에 딸린 작은 방이었다.

북향이라 빛이 잘 들어오지 않았고 몸 하나 누이면 꽉 차는 방이었다. 그 방에 책상을 들여놓고 책을 사 모았다. 퇴근시간이 가까워오면 빨리 자취방으로 가기 위해 안달했다. 책을 읽고 편지나 일기를 쓰는 것 외에 딱히 할 일이 없으면서도.

율방을 만나게 된 것은 직장을 오래 다닌 덕이었다. 어렵게 배정받은 관사였다. 벽에 금이 가고 칠이 벗겨진 낡은 관사에 들어섰을 때 내 눈을 사로잡은 방, 좁았지만 넓은 창이 있었다. 창에는 아름드리 밤나무가 가득 차 있었다. 곧 붉은 밤알을 떨어뜨릴 듯 밤송이가 벌어져 있었다. 산 중턱에 지어진 관사였던 터라 나무들이 빽빽했고, 산밤나무 군락을 이루고 있었다. 나무 둥치로 오르내리는 다람쥐와 바람이 불 때마다 짙푸른 잎들이 서걱이는 소리, 날렵한 다리로 숲을 거니는 고라니를 보고 있노라면 지구의 한 귀퉁이를 지키고 있는 듯했다. 나는 그날로 율방이라 이름을 붙이고 고요히 방에 들어앉았다.

46억 년 전 인류의 유전자가 처음 한 일이 '나만의 방' 만드는 일이었다고 한다. 강한 햇빛과 몰아치는 비바람을 피할 수 있는 작은 유전자 방. 나는 끊임없이 나만의 골방을 갖기 위해 살아온 듯하다. 골방은 글쓰기의 다른 이름이었다. 아직도 어릴 때 뒷방에서 끄적이던 글쓰기에서 한 발자국도 더 자라지 못했다. 그러면 또 어떤가. 뒷방의 씨앗들이 들려주는 얘기처럼 세상의 얘기에 귀 기울이고 말을 건네는 일. 골방은 세상을 향한 나만의 통로다.

등단 십 년 만에 책을 냈다. 사실 책 출간은 이생에서 이룰 수 없는 일이라 생각했다. 그저 골방에서 글 쓰는 일이 즐거웠다. 글 속에서 생육과 소멸을 반복하는 내가 좋았다. 글쓰기보다 고요한 공기의 흐름을 느끼거나 멍하니 창밖을 내다보는 시간이 더 많았지만. 흩어진 글을 모으며 글에게 조금 미안했다. 게으른 주인을 만나 어둡고 눅눅한 골방에만 갇혀 있었기 때문이다.

내 글을 빛 가운데로 보내준 강원문화재단과 도서출판 북인에 고마움을 전한다. 부족한 글에 온기와 힘을 주신 김나정 소설가님, 하창수 소설가님께 깊이 감사드린다. 흔들림없이 뚜벅뚜벅 문학의 길을 걷고 있는 문우들에게도 사랑을 전한다

2020년 가을
이시은

Contents

도어

# 도어

문을 노려라!

산들은 문어의 말을 떠올리며 복도를 잠자코 바라봤다. 긴 복도 끝에
는 고속도로의 소실점처럼 문이 있었다. 생전 열릴 것 같지 않은, 흰 색
의 문이었다. 복도 벽이 흰 색이었던 탓에 어찌보면 문이 아니라 벽에
가까웠다.

원래 없던 문이었다. 5가 오면서 급하게 복도를 막아 달았던 문, 싸구
려 티가 났다. 규의 주먹 한 방이면 찌그러지고 말 샌드위치패널 재질
이었다. 그러나 문의 중간쯤에 장착된 잠금장치는 특수제작된 듯 유니
폼만 열 수 있었다. 그것도 몇 사람, 5의 관리자들. 5의 일거수일투족을
기록하고 특이사항을 보고하는 유니폼들이었다. 유니폼들은 하루 세
번 문을 열었다. 지금처럼 밥때가 그랬다.

"배식."

산들의 목소리가 복도를 울리자 조용하던 방안에 활기를 띠었다. 산
들은 자신의 말 한마디에 일사불란하게 움직이는 여자들의 모습에 가
슴이 뻐근했다. 창틀에 웅크리고 잠을 자던 비둘기도 날갯짓을 하며 날
아올랐다. 그 밑에 집을 마련한 고양이도 요염하게 뜰로 나가는 것을
보며 산들은 사물함에 넣어둔 조끼와 장화를 꺼냈다. 붉은 색의 조끼
등판에는 운동선수마냥 봉사원이란 검은 글씨가 커다랗게 프린트돼
있었다. 긴 장화까지 신고 나자 발끝에서부터 기운이 차올라왔다. 찌

질한 좀도둑이 아닌 정의를 위해 적을 처단하는 어벤져스로 변신한 것 같았다.

밥상을 펴고, 숟가락과 밥그릇을 놓고, 내 숟가락이니 네 숟가락이니 따위로 투닥거리는 소리들이 방마다 새어나왔다. 복도 오른쪽으로 다닥다닥 붙어 있는 스물일곱 개의 방. 5의 방까지 산들의 손안에 있었다. 방안의 여자들은 산들의 눈치를 살폈다. 따뜻한 물 한 바가지라도 더 얻으려면 어쩔 수 없었다. 5의 밥이나 물은 유니폼을 통해 전해지지만 어찌됐든 산들의 마음에 따라 좌우됐다.

아침 햇살이 밥차 위로 누웠다. 네 개의 바퀴 위에 스텐리스 판을 얹고 손잡이를 용접한 단순한 형태의 손수레였지만 백 명이 먹을 수 있는 통이 실려 있었다. 밥, 국, 반찬이 든 크고 작은 다섯 개의 스텐리스 통들은 산들의 손놀림에 따라 흔들렸다. 죽이 든 플라스틱 통까지 실려 있어서 조심해야 했다. 밥맛이 없거나 이가 안 좋은 여자들을 위한 죽이었다. 죽을 바닥으로 엎고 반찬들을 쏟기 일쑤인 여느 사소들과 달리 산들은 요령껏 운전을 잘했다.

오늘은 앞방부터 배식을 했다. 1방은 텅 비어 있었다. 며칠 전까지만 해도 미친 여자가 들어 있던 방이었다. 산들은 보호실이라 써진 아크릴 간판을 흘낏 보며 힘차게 밥차를 몰았다. 끝방까지 가면 국이 다 식어버리기 때문에 서둘러야 했다. 앞방, 뒷방. 일주일씩 바꿔가며 배식했는데, 산들이 내세운 공평성이었다. 문어의 영향인지도 모르겠다. 문어는 때마다 국민의 기본권이니 삼권분립, 인권, 자유 따위를 외쳐댔으니까. 무엇보다 문어는 5를 신봉했다. 산들은 한번도 5의 얼굴을 보지 못했다. 하긴 유니폼들마저 5를 보지 못하게 통제했으니 누구도 5에 대해 정확히 안다고 할 수 없었다. 5를 신봉하는 문어마저도. 철옹성처럼 닫힌 문은 터무니없는 이야기를 생성시켰고 호기심을 자극했다. 정치범, 변태성애자, 연쇄살인범, 사이비교주, 지하경제를 움직이는 거물. 5는 여자들의 입에서 하루가 다르게 변신됐다. 확실한 것은 대단한 인물이란 것. 그래서일까. 산들은 앞방부터 배식을 할 때면 마음이 좀 바빠졌다. 5에게 식은 밥과 국을 내밀 수는 없었다. 미역국과 유채무침에 오징어볶음. 오늘 따라 찬통에 담긴 반찬들이 너무 적었다.

"에게, 요걸 누구 코에 붙이라는 거야."

꺼질년이었다. 달리라고 불러줘. 화가 살바도르 달리의 키즈라고 자신을 소개했지만 산들은 그녀를 꺼질년이라 불렀다. 누구에게나 '꺼져'라는 말을 입에 달고 있었던 탓이다. 밥보다 약을 더 많이 먹었던 꺼질년은 보호실 단골손님이었다. 말이 좋아 보호실이지 화장실과 세면대가 방바닥에 구덩이처럼 파여 있고 창문 하나 없는 완전 밀폐된 독방이었다. 게다가 온몸에 화려한 장신구를 차고 들어가야 했다. 무겁고 차가운 발찌, 팔찌, 허리벨트까지. 한마디로 공포의 방이었다.

산들은 가끔 꺼질년을 달리라 불렀다. 진정한 화가는 그림 속에 자기의 철학을 숨겨넣을 줄 알아야 돼. 시계가 흐느적거리는 그림을 손으로 쓰다듬으며 말할 때가 그랬다. 곰브리치의 서양미술사나 빛의 변화에 따라 그린 모네의 수련 연작을 말할 때 달리의 눈은 반짝였다. 빛이 곧 꺼질까봐 산들은 안타까웠다. 달리, 좀 더 얘기해줘. 산들은 달리의 팔짱을 끼며 말했다. 저리 꺼져. 난 좀도둑인 너와 차원이 달라. 빛이 나가버린 달리는 다시 꺼질년이 됐다. 달리는 미술품을 훔쳐 팔아온 절도범이었다.

밥차는 4방 앞에서 움직일 수가 없었다. 산들은 랙이 걸린 컴퓨터를 마주한 듯 짜증이 솟구쳤다. 찬통에 든 오징어볶음을 퍼담던 바가지로 꺼질년의 머리통을 날리는 대신 굽혔던 허리를 폈다. 그러고 나서 천천히 밥차의 손잡이를 잡았다. 서늘한 냉기가 전해졌다. 세계지도가 붙어 있는 벽을 만질 때처럼 손끝을 타고 전해지는 싸늘함은 마음을 가라앉히기에 충분했다.

"코에 붙이지 말고 주딩이에 붙이면 될 거 아냐? 아침부터 시비야. 적게 준 게 사소 탓이냐?"

문어는 산들을 향해 눈을 찡긋했다. 금방 세수를 하고 나온 듯 얼굴에서 물방울이 떨어졌다. 사동舍洞청소부를 줄여 사소라고 불렀는데, 산들이 사소가 될 수 있었던 데엔 문어의 힘이 컸다. 사소는 또 다른 완장이었다. 팔이 아닌 등판에 붙여진 '봉사원'의 조끼는 권력이었다. 사동 바닥과 유리창을 닦고, 배식과 설거지 따위의 막일을 하지만 유니폼과 맞먹는 힘을 행사했다. 구매장과 각종 보고전, 소송서류 따위를 수거하며 빨리 내놓으라는 둥, 똑바로 글씨를 쓰라는 둥 신경질을 부릴 수 있는 자격. 여자들의 모든 일은 사소를 통해야 했다. 뒷거래를 하고 뇌물을 주고받는 일까지도. 그래봐야 사탕이니 우표, 쪽지 따위의 시시한 것들이었지만.

산들이 사소가 되고 싶었던 이유는 다른 데 있었다. 5층 건물을 혼자 돌아다닐 수 있다는 것. 칠이 벗겨지고 녹이 쓸고 벽마다 틈이 벌어진 오래된 건물엔 문들이 많았다. 각 층마다 사기, 살인, 폭행, 성추행 등 온갖 죄명을 단 여자들이 오글오글 들어 있는 수용동을 지날 때면 모조리 문을 열고 싶은 충동에 사로잡히곤 했다. 대부분 문은 잠겨 있었다. 산들의 주머니 속 가는 철사줄 하나면 쉽게 열릴 문들이었다. 지하 검신실에서부터 강당이 있는 꼭대기까지 문을 열고 닫을 때마다 산들은 묘한 기분이 들곤 했다. 미로처럼 연결된 문이라 잘못 발을 들여놓으면 길을 잃기 십상이었다. 자신의 삶처럼.

"완전 바닥이네. 배식을 잘해야지."

식판을 들고 서 있던 5의 관리자가 짜증스럽게 말했다. 산들은 국자로 바닥을 긁어모아 미역국을 펐다. 국이 식을까봐 신경을 곤두세웠는데 국배식을 잘못하면 이 모양이 되고 말았다. 평소 덜렁거리길 잘하던 5의 관리자가 오늘 따라 참견이 심했다.

"처음 취사장에서부터 적게 왔어요."

덜렁이에겐 기선제압이 필요했다. 섣불리 사과하면 얕잡히기 일쑤였다. 산들은 이마에 맺힌 땀을 훔치며 똑바로 관리자의 눈을 쳐다봤다.

"남 탓하지 마시지."

덜렁이는 밥을 받는 둥 마는 둥 식판을 들고서 쌩하니 뒤돌아섰다.

"죽 안 가져가요?"

산들이 죽그릇을 내밀자 덜렁이는 냉랭한 얼굴로 뻣뻣이 받았다. 자신의 허점이 들킨 게 민망해서일 것이다. 5는 아침마다 죽을 먹는 듯 식판 외에 죽그릇을 따로 가지고 왔다.

"야, 주접떨지 마. 사소 잘리기 싫으면!"

덜렁이는 기어코 한마디 쏘고 소리나게 문을 닫았다.

산들의 죄명은 사소 자격에 부적격이었다. 전과 5범에 상습절도. 사소 심사는 까다로웠다. 일할 사람이 없을 경우, 어쩔 수 없이 통과시키는 규정에 산들이 해당됐다. 운이 좋았다. 사소지정 통보를 받던 날 산들은 피식 웃었다. 자신에게도 운이라는 게 있는가, 싶어서였다. 산과 들 사이 컨테이너박스에 버려진 핏덩이. 처음 세상을 마주할 때부터 운하고는 멀었다. 아예 유전자 속에 없다고 생각했다. 돈만 챙기는 보육원 원장과 또래아이들의 따돌림, 폭행, 입양된 양부모의 이혼, 파양, 재입소…….

손끝이 야무지고 눈치가 빠르고 입이 무거워. 문어는 때마다 유니폼들에게 산들을 칭찬했다. 쓸데없이 아는 것이 많은 문어를 유니폼들은 경계하면서도 신뢰했다. 적어도 거짓말은 하지 않지. 문어의 죄명을 들먹이며 중얼거리곤 했다.

*

산들은 네이비 색 목찰함을 물걸레로 깨끗이 닦았다. 방문 옆 벽에 붙어 있는 함이었다. 5에게 식은국을 준 찝찝함을 없애듯 함을 힘주어 닦았다. 방안에 누워 있던 여자가 산들을 보며 슬며시 일어났다. 산들이 방안 여자들의 신상을 꿰뚫고 있었던 탓이다. 개인정보가 저장된 컴퓨터 칩 마냥 목찰은 함부로 볼 수 없었다. 방안에 어떤 사람이 있는가를 표시한 긴 아크릴 막대였지만 그것에는 생년월일과 죄명, 들어온 날짜 따위들이 빼곡하게 적혀 있었다. 대부분의 여자들은 자신의 죄명이나 살아온 이력을 부풀리거나 거짓말을 했다. 그렇다고 산들이 바로잡는 일은 없었다. 사실 관심이 없었다. 수인복은 평등하게 만들었으니까. 똑같은 색깔의 옷을 입고, 똑같은 밥을 먹고, 똑같이 잠을 자는, 인생의 문을 잘못 연 죄로 들어온 여자들이라 생각했을 뿐이었다.

문미녀의 목찰이 손에 걸렸다. 아크릴 막대를 제대로 자르지 못했기 때문이었다. 손재주가 젬병인 규가 자른 것일지도 몰랐다. 규의 편지에는 온통 목찰공장 얘기였다. 요즘 새로 배정받은 작업장이 목찰공장이라 했다. 산들은 목찰을 손에 들고 잠자코 바라봤다. 문미녀! 문어의 본명이었다. 아무리 봐도 익숙해지지 않는 이름이었다. 그녀가 입소한 날 산들은 거대한 문어가 들어오는 듯한 착각이 들었다.

문어는 늦은 밤에 들어왔다. 공안사범은 그랬다. 고개를 빳빳이 들고 당당하게 감옥에 들어오기 때문일 것이다. 게다가 많은 사람들을 몰고 샤우팅까지 하여 영웅심에 불을 지폈으니까. 밤은 공안도 조용하게 만들었다. 그녀는 느리고 고요하게 들어왔다. 낮 동안 바위와 바위 사이에 납작하게 엎드려 있던 문어가 밤이 되면 천천히 움직이듯 방안을 두리번거렸다. 덩치가 크고 뿌리까지 뽀글파마를 한 탓에 묶지 않은 머리카락이 흐느적거렸다. 정전기 때문이겠지만 그녀가 움직일 때마다 머리카락 끝에 빨판이 붙어 있는 것 같았다. 산들은 흐릿한 형광등 아래 서 있는 문어에게 옆자리를 내줬다. 좁은 방에 덩치큰 신입은 환영받지 못했다. 더군다나 한여름이었다. 꺼질년은 노골적으로 신경질을 부렸다. 이게 방이야, 돼지우리지.

그날 산들의 옆자리에 누운 문어에게는 낯선 냄새가 났다. 산들이 찾는 문 냄새이기도 했다. 규와 함께 아파트 숲을 거닐었던 밤이 떠올랐다. 12시가 넘어도 불이 밝혀지지 않는 집. 냄새를 뿜어내는 집은 산들을 끊임없이 유혹했다. 산들의 팔다리는 가벼웠고 발바닥과 손바닥은 빨판이라도 부착된 듯 착착 벽에 붙었다. 아무리 높은 층이라도 가스배관을 밟고 쉽게 집에 들어갈 수 있었다.

규는 냄새에 둔했지만 싸움을 잘했다. 산들 앞에 거치적거리는 것을 깔끔하게 헤쳐주었다. 보육원 동기였던 규는 산들과 여러 모로 닮았다. 어릴 때 입양됐다 파양되기를 반복했고, 정확한 나이를 알 수 없다는 것, 생선회나 육회, 생간 따위의 날것을 좋아한다는 것. 기름지고 양념이 잔뜩 들어간 음식을 먹고 나면 설사를 한다는 것도 닮았다. 리노로 가자고 했던 규. 리노는 햇살이 황금빛이라고 입버릇처럼 말했다. 규의 생모가 산다는 리노. 그것을 안 것은 얼마 전 보내온 규의 편지에서였다. 늪에만 빠지지 않았어도 지금쯤 지하까지 빛이 들어온다는 리노에 가 있을까. 다른 교도소에 있는 규의 편지엔 온통 리노타령뿐이었다.

*

여자들의 수다스런 목소리가 사소실 안으로 밀려왔다. 운동시간인 것 같았다. 사소실은 목욕탕에 딸린 창고 같은 작은 공간이다. 산들은 그 공간을 아뜰리에라 불렀다. 달리가 고흐의 그림을 보여주며 말했을 때 머릿속에 오랫동안 남았던 단어였다. 나무로 짠 작은 책상이 있고 플라스틱 의자와 벽면에 부착된 몇 개의 서랍장이 사소실을 꽉 채우지만 남향이라 늦은 오후까지 빛이 들어왔다. 작은 책상에 앉아 규에게 편지를 쓰고, 책을 읽고, 신문지로 쓰레기봉투를 만들고, 목욕일지를 쓰고, 메뉴표 보관함을 정리하고……. 무엇보다 세계지도를 보는 일은 가슴 두근거리게 했다. 책상 앞에 붙여진 세계지도는 여자들의 잡지책 부록에서 슬쩍한 것이었다. 오로용지라 웬만해선 잘 훼손되지 않았고 탈부착하기 쉬웠다. 일주일에 한두 번씩 유니폼들이 부정한 물품들을 가지고 있는지를 샅샅이 뒤지지만 이것은 눈감아주었다. 부정불품이라 봐야 뾰족하고 날카롭고 서늘한 것들이었다.

"이거 먹어!"

문어였다. 갑자기 고개를 쑥 내밀고 책상 위로 빵 하나를 툭 던졌다. 그러고 나서 사람 좋은 얼굴을 하고 손을 흔들었다. 산들은 문어가 자신의 대답을 기다린다는 것을 모른 척했다. 뽀글파마가 풀린 탓에 큰머리가 더 커보였다. 살찐 몸을 천천히 움직이며 운동장으로 향했다.

"저 몸으로 무슨 정치를 한대. 뭘 바꾸겠다는 거야. 자기 몸부터 바꾸시지. 꺼져라, 꺼져."

운동하러 나온 여자들의 긴 줄 끝에 선 꺼질년이 소리를 질러댔다. 분명 방에서 문어에게 핀잔을 들어서일 것이다.

문어는 영치금으로 먹을거리를 잔뜩 구매했다. 닭훈제니 새우깡, 볶음땅콩, 빵, 오징어 따위를 신문지 위에 풀어놓고 방안 여자들을 모았다. 그녀의 정치 얘기는 끝이 없었다. 같은 얘기를 무한반복했던 터라

고문에 가까웠다. 대부분 5를 신의 경지에 올리는 소리들뿐이었다. 광신도가 따로 없어. 꺼질년은 오징어를 질겅거리며 곧잘 문어를 빈정댔다. 저런 쓰레기 입 때문에 나라가 이 모양이야. 문어는 꺼질년의 입에 물린 오징어를 잡아 뺏곤 했다.

*

산들은 벽을 만졌다. 습관이 됐다. 벽을 뚫는 전기 드라이버 소리가 요란하게 들렸다. 방 밀도가 너무 높다고 2층 피복실을 거실로 만들기 위한 공사였다. 지난 겨울 초입부터 시작한 리모델링이었지만 아직도 끝나지 않은 듯했다. 벽을 허물고 화장실을 만들고 관물대를 들여놓고 전기선을 연결시키는 일 때문이 아니라 용도변경, 그러니까 일반 거실에서 보호실로 갑자기 변경됐던 탓이었다. 유니폼들은 5때문이라고 수군거렸다. 유니폼들의 말을 종합해보면 이랬다. 산들의 수용동에만 보호실이 있었는데, 한밤중 미친 여자들이 그곳으로 들어가는 일이 종종 발생했다. 방음이 제대로 되지 않은 탓에 미친 여자들이 내지르는 괴성은 밤을 흔들었다. 처죽일 년, 개 같은 년, 때려죽일 년, 뒈질 년. 온갖 년들을 호명하고도 성이 풀리지 않자 철문을 발로 차고, 벽을 두드리고 고래고래 소리를 질러댔다. 5가 불면증에 시달린다는 보고를 받은 윗사람이 바로 보호실 이동 명령을 내렸다고 했다.

공사 연장에 짜증스러워하는 유니폼들과 달리 산들은 활기를 띠었다. 먼지가 날리고, 외부인들이 들락거리고, 망치 소리와 전기 드라이

버 돌아가는 소리들. 자유의 소리였다. 눈치채지 않게 규정을 쉽게 무시하고 불허된 것들을 만질 수 있는 시간이었다. 산들은 공사장에 자주 기웃거렸다. 짜릿한 쾌감은 쇠로부터 시작됐다. 바닥에 떨어진 나사못을 주머니 속에 넣던 날 괜히 기분이 좋았다. 굵기가 다른 철사, 얇은 알루미늄 조각, 작은 자석, 쇠자……. 그것들을 사소실 여기저기에 숨겼다. 일종의 위험분산주의였다.

산들은 세계지도가 붙어 있는 벽 중간쯤 더듬던 손을 멈췄다. 원래 사물함 용도로 홈이 파인 벽면이었다. 규가 말한 리노가 위치한 곳, 금기의 최고점을 찍는 물건이 들어 있었다. 커터칼! 사과를 매끄럽게 깎고, 파스를 알맞게 자르고, 옷의 실밥을 끊어내고. 어느 순간 살상무기로 돌변할 수 있는 칼. 그러나 커터칼의 쓰임은 달콤했다. 달콤함은 문어의 문장에도 있었다.

'집을 주겠다.'

어제 낮 통방에서였다. 유니폼의 눈을 피해 몰래 말을 하거나 쪽지를 주고받는 통방. 문어가 목욕을 나와 의자 밑에 놓고 간 쪽지에는 초조함과 간절함이 묻어 있었다. 산들의 눈에는 집밖에 보이지 않았다. 일이 성사되면 집을 주겠다는 내용이었다. 문어는 여러 채의 집을 갖고 있다는 것을 알았다. 수입화장품회사 대표인 문어는 감옥 안에서도 회사를 운영했다. 직원들 월급을 결제하고 수입품목들에 사인했다. 게다가 정치에 관여하는 정당인이기도 했다. 문어는 선거에 병적으로 집착했다. 산들은 문어를 이해할 수 없었다.

떠돌이로 살았던 산들에게 집은 낯설면서도 매혹적인 것이었다. 자신의 손으로 쓸고 닦아 가꾼 따뜻한 공간. 그곳에 규의 냄새를 담고 자신과 규를 반반씩 닮은 아이를 낳고 기르는 일, 깊이 뿌리를 내리는 일. 산들은 문어의 제안에 선뜻 답을 할 수 없었다. 산들의 머릿속엔 5가 두렵고 신비로운 존재로 살아 있었던 탓이다.

'5를 찔러라.'

문어가 제안한 미션이었다. 보름 전 문어가 내민 쪽지에 써진 문장을 봤을 때 산들은 장난이라 생각했다. 문어는 엉뚱한 장난을 잘 쳤기 때문이었다. 깨끗한 복도에 밤마다 뱀이 나타난다거나 빵 속에 금반지가 나왔다는 등의 말을 천연덕스럽게 했으니까.

5가 병원에 실려갈 정도로만 찔러라. 다음 문장을 읽고서야 산들은 문어의 속셈을 알 수 있었다. 총선이 얼마 남지 않았다. 텔레비전에서는 매일 그래프를 그리며 선거여론조사 결과를 발표했다. 문어가 지지하는 당이 점점 기울어지고 있을수록 문어는 잠을 설쳤다. 산들이 화장실을 가기 위해 눈을 뜨면 거대한 그림자가 벽을 가득 채우고 있었다. 우두커니 앉아 있는 문어는 고뇌에 잠긴 사람이라기보다 미친년을 상기시켰다. 머리카락을 쥐어뜯었는지 손에는 한 움큼의 머리칼이 쥐어져 있었다. 산들은 문어의 그림자를 물끄러미 쳐다봤다. 문어의 세계는 부가 넘치고 그것을 지키기 위한 일밖에 없는 것 같았다.

산들은 아직 문어에게 답을 하지 않았다. 안달이 난 문어는 사례금에 대해 구체적으로 말하기 시작했다. 영치금, 호텔숙박권, 여행경비 따위의 지질한 것에서부터 '집'까지 올라간 것이다.

*

찌걱찌걱, 장화 속에 물이 들어간 듯 걸음을 걸을 때마다 소리가 났다. 목욕탕 청소와 복도 청소를 끝내면 늘 장화 속에 물이 고였다. 너무 열심히 청소를 한 탓이다. 운동장 화단에 물을 주고 점심 배식을 하고 바로 집회 준비를 해야 한다. 컨베이어벨트에 올려진 일감들처럼 하루 일과는 촘촘하게 돌아갔다.

사동 출입문 옆으로 난 작은 철문을 빠져나가자 봄볕이 눈을 부시게 했다. 아름드리나무들이 심어져 있는 넓은 뜰은 어찌 보면 대저택 정원처럼 보이기도 했다. 벚나무 밑에는 오솔길이 나 있고 땅으로 올라온 벚나무 뿌리가 뼈처럼 드러나 있었다. 담 밑의 산수유나무에는 노란 꽃이 피어 있었다. 겨우내 얼었던 운동장이 봄볕에 녹아 질척거렸다. 운동장 주변으로 꽃모종을 옮겨 심었는데 죽이지 않고 잘 가꾸는 일도 사소의 몫이었다. 한번도 뭘 키워보거나 지켜보지 못한 산들의 행동은 좀 서툴렀다. 옮겨 심을 때 시들했던 팬지가 살아나는 것을 보자 묘한 기분이 들었다. 땅에 뿌리를 내린 화초들 위로 듬뿍 물을 뿌렸다. 산들의 손놀림에 따라 물뿌리개가 흩뿌려지며 무지개를 만들었다. 가만히 앉아 살아나는 잎들을 만져볼 때였다.

둔중한 철문 열리는 소리가 났다. 복도 끝방이 열리고 뒷문으로 나직한 목소리가 들렸다. 5의 운동시간임을 알았다. 산들은 몸을 낮추었다. 5를 처음 봤다. 가슴이 두근거렸다. 철저하게 베일에 가려진, 누구도 함부로 볼 수 없었던 5. 방밖으로 5가 움직일 때면 쥐새끼 한 마리도 얼씬

하지 못하게 경계가 삼엄했다. 늘 늦은 오후에 운동을 했는데 드물게 규칙에 어긋나게 운동을 했다. 오늘이 그랬다. 유니폼도 놓친 것 같다. 산들이 혼자 5에게 노출된 것을 알면 담당은 문책을 받을 것이다. 산들은 얼른 산수유나무 뒤에 몸을 감췄다.

5는 보이지 않았다. 커다란 검은 우산만이 쇠똥구리처럼 운동장을 굴렀다. 아마도 5는 봄볕에 얼굴이 탈까 우산을 쓰고 운동을 하는 것 같았다. 검은 우산 속에 가려진 모습이 보고 싶어 산들은 나무 뒤에서 고개를 빼고 이리저리 살폈다. 봄 아지랑이가 피어올라 신기루를 만들었다. 물웅덩이가 생기고 검은 우산이 물속에 잠겼다. 차츰 잠긴 웅덩이는 거대한 늪을 만드는 것 같았다.

갑자기 산수유나무에 앉았던 비둘기 한 마리가 날아올랐다. 산수유 꽃잎이 우수수 떨어져 산들의 눈앞을 가렸다. 규와 함께할 집에 들여놓고 싶은 봄볕이었다. 따뜻하고 섬세한 볕이었다.

\*

텔레비전에서 보수당이 선거에 참패할 것이란 전망을 내놓고 있을 무렵 문어의 쪽지가 산들의 의자 밑에 또 날아들었다. 조급증이 난 글씨였다.

산들은 규에게 편지를 썼다. 봄볕이 목덜미를 간질였다. 또박또박 써내려가는 산들의 손이 조금 떨렸다. 낯선 냄새찾기를 그만 멈추자고 썼다. 그리고 나서 한숨을 쉬었다. 제발 어렵게 말하지 마. 규의 목소리가 들리는 듯해서였다. 단순하고 확실한 것을 좋아하는 규를 위해 산들은 문장 끝에 괄호를 쳤다. 리노에 꼭 가자. 문어가 준 집을 팔면 리노에 뿌리내리기 충분할 거야. 지하실까지 빛이 든다는 리노, 그곳이라면 더 이상 한탕을 노리지 않아도 되겠지. 더 이상 문에 대한 호기심도 일지 않을 것이다, 라고 썼다.

*

강당으로 가는 길은 계단밖에 없었다. 가파른 계단이었다. 두 개의 상자를 든 산들은 가볍게 올랐다. 길게 줄서 오르는 여자들 사이로 뱀처럼 빠져나갔다. 기독교 집회 날이었다. 월요일부터 금요일까지 각기 다른 신들을 모시는 종교집회가 강당에서 열렸다. 기독교, 불교, 천주교, 원불교, 외국인 집회. 집회를 여는 사람들은 외부인들이었고, 그들은 상자를 들고 왔다. 상자를 강당으로 올리는 일은 사소들이 해야 했다. 여느 때보다 상자들이 많았다. 선거를 앞두고 있어서일 것이다. 산들은 헐떡거리며 올라오는 여자들과 달리 깊은 숨을 폐 깊숙이 몰아넣었다. 긴장감을 없애기 위해서다. 문어와 통방을 해야 하는 일은 또 다른 칼 은닉과 같았다. 며칠 전 문어가 방을 옮기는 바람에 통방은 더욱 어려웠다. 발각되면 감수해야 할 몫이 컸다. 무엇보다 계획이 다 틀어질 수 있었다. 행동 날짜와 계약서 확인 쪽지는 산들의 왼쪽 브래지어 속에 있었다.

"먼 똑이얌?"

머리를 산발한 달리가 혀 짧은 소리를 냈다. 아쉬울 때면 애기짓을 했다. 상자 속에는 늘 먹을거리가 들어 있었다. 시루떡, 절편, 인절미, 송편, 바람떡 따위의 다양한 이름을 지닌 떡이었다. 여자들 대부분은 집회보다 상자에 더 관심이 많았다. 산들은 뒤따라오는 달리를 무시하고 곧장 강당으로 향했다.

"씨발년! 생깠어!"

약오른 쥐새끼마냥 찍찍대는 달리의 목소리가 계단을 울렸다.

강당 긴 나무의자엔 먼저 온 여자들로 가득 찼다. 앰프까지 설치된 피아노 반주는 선거유세장처럼 귀를 울렸다. 스무여 명의 외부인들과 함께 여자들은 찬송가를 불렀다. 기독교집회는 언제나 요란하고 시끄러웠다. 산들은 상자를 출입구에 놓고 이리저리 눈을 굴렸다.

문어는 창가 쪽에 있었다. 목사와 아는 사이인지 악수를 나누고 거만하게 의자에 앉았다. 마음이 놓였다. 통방하기에 좋은 자리였다. 유니폼이 있는 곳과 거리도 멀었다. 해병대 손뼉을 치며 부르던 찬송가가 끝나자 기도가 시작됐다. 모두 팔을 쳐들고 몸을 흔들며 기도를 했다. 산들은 문어 옆으로 천천히 갔다. 브래지어 속 쪽지를 꺼내 문어의 손에 빠르게 건넸다.

"저 쌍년이 통방하고 있어. 통방하고 있다구. 통방!"

갑자기 깨지는 소리에 모두들 놀랐다. 문어의 대각선에 앉아 있던 달리가 미친 듯이 소리를 내지르고 있었다. 외부인들도 영문을 몰라 기도를 멈추고 수런댔다. 낭패였다. 달리는 점점 다른 사람으로 변신되고 있었다. 눈빛이 바뀌고 콧구멍 평수가 넓어지고 입술이 푸들거렸다. 산들 쪽을 향했던 손가락이 점차 성경책을 만지고 있는 목사 쪽으로 향했다. 총질하듯 검지를 움직이며 소리를 질렀다.

"꺼져, 꺼져 개새끼야."

TRS를 날리는 목소리가 강당을 울렸다. 유니폼은 첨단 무전기를 침착하게 다뤘다. 돌발사고가 수시로 일어났던 터라 유니폼들 어깨에는 늘 TRS가 매달려 있었다. 마법사들 어깨에 앉은 앵무새 같기도 했다. 검은 유니폼을 입은 남자들이 순식간에 몰려왔다. 달리는 남자들을 보자마자 침을 뱉었다. 침은 포물선을 그리며 검은 유니폼의 가슴팍과 얼굴에 달라붙었다. 동시에 검은 유니폼이 달리를 제압했다. 제압이라기보다 보쌈에 가까웠다. 검은 보자기에 싸여 보호실로 옮겨졌다. 아무 일 없다는 듯 기도가 이어질 때에야 산들은 강당을 빠져나왔다.

*

산들은 아침 일찍 깨끗하게 목욕을 했다. 날씨가 흐렸다. 예감이 좋았다. 한가하고 느긋한 일요일이었다. 방안의 여자들도 유니폼들도 긴장이 풀어져 빈둥거렸다. 책을 읽거나 낮잠을 자거나 텔레비전을 봤다.

밥차를 모는 손이 자주 미끈거렸다. 점심배식이었다. 산들은 땀이 찬 손을 옷에 문질렀다. 유리창 너머로 활짝 핀 벚꽃을 보며 밥차를 천천히 몰았다. 1방 보호실 배식구로 고기를 듬뿍 건져올린 돈육찌개를 밀어넣었다. 얼른 책도 한 권 던져넣었다. 달리가 갖고 있던 살바도르 달리 화집이었다. 달램용이었다. 달리가 소란 떠는 일을 차단하기 위해서였다.

복도 문을 몇 번 노크했는데도 대답이 없었다. 유니폼이 나와 밥을 받아가야 하는데 조용하기만 했다. 살짝 문을 밀어봤다. 너무 쉽게 열린 문에 당황했다. 일은 순조로웠다. 덜렁이의 근무날임을 이미 알고 있었다. 아마도 덜렁이는 휴게실에 커피를 마시러 간 게 분명했다. 걸핏하면 나의 항우울제, 내 사랑 에스프레소라며 콧소리를 내곤 했었다. 문 잠그는 것을 잊어버린 것 같았다.

방은 눅눅하고 어둑했다. 형광등이 켜져 있는데도 음울한 공기를 걷어내지 못했다. 대충 못을 박은 나무책상과 하늘색 담요가 깔린 침대가 있었고, 그 옆으로 두꺼운 책들이 천장에 닿을 듯 높다랗게 쌓여 있었다. 군데군데 박스테이프가 붙어 있는 진흑색의 장판 때문인지 방은 늪지 같았다.

5는 없었다. 더 정확히 말하면 5는 있었다. 책탑 밑에 작은 진흙덩이. 등을 보이며 바닥에 앉아 있었던 터라 엉덩이까지 내려오는 긴 머리칼이 그렇게 보이게 했다. 등을 말고 앉아 책을 보고 있던 5가 인기척에 고개를 들고 천천히 등을 돌렸다. 푸른 색 수인복 왼쪽 가슴에 숫자 5가 커다랗게 붙어 있었다.

순간 산들은 자신이 왜 여기 왔는지를 잊어버렸다.

5의 눈. 인형에 박아넣은 유리알 같았다. 생기도 총기도 느껴지지 않는 눈이었다. 문어가 그토록 신봉했던 눈이 아니었다. 희미한 형광등 불빛에 5의 눈이 둔하게 굴렀다.

"무슨 일이에요?"

모습과 달리 목소리엔 힘이 있었다. 싸늘하고 각진 목소리였다. 산들은 그제야 정신이 들었다. 오른손을 주머니에 넣고 칼을 만졌다. 칼은 따뜻했다. 쇄골 위로 길게 뻗은 5의 목을 유심히 봤다. 산들이 수천 번 연습했던 곳, 얇고 넓게 긋기.

"점심……."

산들은 갑작스런 5의 물음에 더듬거렸다.

"노."

5는 짧게 한마디를 했을 뿐 의심하지 않는 얼굴빛이었다. 그러고 나서 고개를 돌렸다. 유리알이 빙그르르 돌아가는 소리가 들리는 것 같았다. 창에서 들어온 바람이 5의 긴 머리카락을 날렸다. 늪지에 웃자란 수초처럼 흔들렸다.

불현듯 산들의 머릿속으로 규가 떠올랐다. 경찰에 쫓겨 규가 숨었던 곳이 하필이면 늪지였다. 그날 두 사람의 표적은 별장이었다. 재벌2세가 주말에만 들락거렸고 늙은 집사가 별장을 관리하는 정보도 사전답사로 충분히 알고 있었다. 집사는 좀 게을렀고 자주 집을 비웠다. 그 틈을 노렸는데, 첨단장비가 갖춰져 있다는 사실을 놓쳤다. 담을 넘자마자 울려대는 경보음과 함께 나타난 경찰들. 규는 산들을 주택가로 밀어넣었다. 경찰들의 시선을 따돌리기 위해서였다. 큰길로 뛰고 있는 규를 산들은 주택가 담벼락에서 숨죽이며 쳐다봤다. 두 명의 경찰은 호루라기를 불며 규의 뒤를 쫓았다. 길옆에는 여름장마에 웃자란 풀이 우거져 있었다. 어느 순간 감쪽같이 규가 사라졌다. 우왕좌왕하던 경찰이 사라지자 산들은 주택가를 빠져나왔다. 낮게 규를 부르며 수풀을 헤쳤다.

비릿한 물 냄새가 코를 찔렀다. 뭔가 허우적대는 소리에 휴대용 손전등을 꺼냈다. 규가 늪 속으로 빨려들고 있었다. 산들이 급하게 발을 놓았지만 물컹거리는 진흙이 산들을 잡아당겼다. 플래시 빛에 드러난 규는 목까지 빨려들어간 상태였다. 점점 몸이 물컹거리는 진흙 속으로 빨려들고 있는 규. 살려달라고 소리칠 수도 없는, 목만 남아 있는 규. 늪에서 규를 빨리 꺼내야 했다. 아니, 늪에서 허우적대는 자신을 꺼내야 했다. 제대로 된 진짜의 문을 열어야 한다는 욕망이 들끓었다.

산들의 손발이 빠르게 달아올랐다. 예열된 발사포처럼 산들의 몸은 총알같이 방안으로 돌진했다. 방문은 잠금장치가 해제돼 있었다. 놀란 5가 몸을 돌리자 산들은 허겁지겁 주머니를 찾았다. 긴장한 손은 허둥댔다. 소리를 지르려는 5의 입부터 막아야 했다. 초능력이라도 발휘한 듯 5의 힘은 셌다. 산들은 5의 팔을 꺾고 등 뒤에서 입을 막았다. 묘한 자세였다. 간혹 규가 몰래 다가와 산들의 등 뒤에서 눈을 가리던 자세였다. 마음이 조금 흔들리는 순간 손가락이 끊어질 듯한 통증이 몰려왔다. 5가 산들의 손가락을 깨물었던 것이다. 산들은 더욱 5를 그러안았다. 두 사람은 좀 더 큰 진흙덩이가 되어 방을 뒹굴었다. 책탑이 균형을 잃은 것은 그때였다. 5의 발끝이 책탑을 건드렸던 것이다. 천장까지 높이 올라간 책들이 5를 덮쳤다. 시멘트 벽돌 같은 책들이었다. 얼른 산들은 5의 등을 감쌌다. 책은 산들의 머리통과 등짝을 사정없이 후려쳤다.

얼마쯤 지났을까. 산들은 코를 간질이는 냄새에 눈을 떴다. 나무 냄새였다. 규의 냄새이기도 했다. 산들이 궁지에 몰릴 때면 언제나 자신의 편이 돼주고 안아주던 규. 키가 컸던 규에게 안기면 쇄골에 코가 닿았다. 우물처럼 파인 쇄골에 마치 샘물이 솟아나듯 나무 냄새가 났다. 5의 목덜미에서 나는 냄새라는 걸 알아차렸을 때 사위는 조용했다.

산들의 입에 피가 났다. 터진 입술에서 흘러내린 피가 5의 등에 묻었다. 산들은 팔을 뻗어 책더미를 헤쳤다. 머리 통증으로 금방 일어설 수가 없었다. 허리를 세우고 정신을 차렸다. 그리고 나서 5를 살폈다. 납작하게 엎드린 5는 망가진 찰흙인형 같았다. 이것저것 생각할 새도 없이 5를 들쳐업자 뭔가 방바닥으로 떨어졌다. 커터칼이었다. 칼은 산들의 발치에 차였다. 축 늘어진 5는 생각보다 무거웠다. 다리에 힘을 주고 뛰었다.

오후의 하늘은 맑았다. 복도는 빛으로 가득 찼다. 눈이 시렸다. 문이 사라진 복도는 고속도로마냥 끝이 보이지 않았다. 현기증이 일었다. 등에서 흘러내릴 것 같은 5를 단단히 잡으려 애썼다. 정신이 아득해졌다. 어디로 가야 할지를 몰랐다. □

# 담배꽃

담배꽃

## 첫 굴

담배꽃은 깊다. 향기도 없으면서 쩍쩍 달라붙는, 건듯 부는 바람에도 쉬 고개를 숙이는 긴 종 모양의 연분홍 꽃. 어젯밤 아내가 그랬다. 나는 한입 가득 장작을 문 아궁이가 벌겋게 달아오를 무렵 잠이 들었다. 땡볕에 달궈진 지열이 스멀스멀 어둠 속으로 기어오르고, 기세 좋게 타오르는 장작불로 인해 황초집 아궁이 안은 가마솥이나 다름없었다. 진종일 잎담배를 따고, 엮고, 황초집 굴속에 매다느라 고단해진 몸은 졸음을 이기지 못했다. 평상에 몸을 누이자마자 금세 곯아떨어지고 말았다. 담뱃진으로 끈적이는 몸에는 연신 모기가 달라붙었지만 꼼짝할 수 없었다.

농사철엔 늘 황초집에서 잤다. 성처럼 높이 올라간 황초집 배꼽 아래쯤 커다랗게 뚫려 있는 아궁이를 들여다보는 일은 성스러웠다. 그 앞에 반듯하게 놓인 평상. 나는 평상을 아꼈다. 비록 앞산의 소나무를 베어 대충 다듬고 그 위에 베니어판을 얹어 숭덩숭덩 못질을 한 앉은뱅이 평상이지만 몸을 눕히면 아늑한 방이 됐다. 아내와 함께 덮던 이불 속에서 느꼈던 한기도 없었고 일없이 일어서는 아랫도리에 신경을 쓰지 않아도 되어 편했다. 더더욱 고양이의 가래 끓는 소리를 듣지 않아서 좋았다.

얼마쯤 잤을까. 말캉하면서도 진득한 것이 만져졌다. 반쯤 눈을 뜨자 알몸의 아내가 내 곁에 누워 있었다. 나는 얼른 일어나 아내를 내려다봤다. 꼭 감고 있는 아내의 눈가에 물기가 반짝였다. 환장하게 타들어가는 장작불은 아내의 조그마한 얼굴과 머리카락이 흘러내린 목선을 환하게 밝히고, 탄력 잃은 젖무덤을 지나 소복하게 숲을 이룬 거웃을 어루만지고 있었다. 나는 서서히 아랫도리가 묵직해지는 것을 느꼈다. 이내 아내를 와락 그러안았다. 두 사람의 살이 맞닿자 가마솥 안에 든 사골이 된 기분이었다. 오래오래 뽀얀 국물을 우려내듯 나는 아내의 꽃수술 안쪽으로 지칠 줄 모르고 파고들었다.

마침표를 찍는 나와 달리 아내는 되돌이표를 원했다. 깨물고 핥고 빨고 문지르며 몸의 모든 감각을 동원하는 듯했다. 나는 눈을 휘둥그렇게 떴다. 배 위에 올라앉은 아내는 식탁에서 늘 카르릉거리는 고양이 형상이었다. 꼬리를 배 쪽으로 감추고 네 다리를 가지런히 모아 고개를 바짝 쳐들고 있던 고양이……. 놈이 그렇게 앉아 있으면 매번 소화불량에 걸리거나 사레가 들곤 했다. 내 목을 힘껏 내리누르던 아내는 눈물인지 땀인지 분간할 수 없는 물기를 후드득 떨어뜨리곤 내려왔다. 나는 주섬주섬 옷을 챙겨 입는 아내를 물끄러미 쳐다봤다. 무슨 말이라도 건네야 할 것 같은 초조함에 입술을 깨물었다. 텅 빈 머리엔 어떤 말도 떠오르지 않았다.

아내는 아무 일 없었다는 듯 무심히 일어나 마당을 가로질러 방으로 들어갔다. 들어갔다기보다 흔적 없이 사라졌다는 게 더 맞을지도 모르겠다. 그만큼 시골의 밤은 어둡고 음험했다. 나는 아내가 긋고 간 잔향에 코를 벌름거리기만 했다. 희미한 향불 냄새 같기도 하고 마른풀 냄새 같기도 한 것이 후각을 거쳐 머릿속을 몽롱하게 만들었다. 나는 알 수 없는 위기감을 느끼며 세차게 머리를 흔들었다.

이른 아침 새벽 어스름을 걷어내기라도 하듯 아내는 마당을 쓸고 있다. 뒷산 굴참나무 숲은 아직도 어둠에 잠겨 있다. 나는 숲의 가장자리를 잠자코 본다. 엄나무, 감추어도 자꾸만 불거지는 물건처럼 솟아 있다. 순간 얼굴을 찡그린다. 보름달이 차오르면 어김없이 귓전을 때리던 북소리 때문이다. 그러나 텃밭의 옥수숫잎 사이로 캄캄한 하늘을 올려다보며 마음을 놓는다. 보름이 되려면 아직 멀었다. 나는 바깥으로 드리웠던 시선을 거두고 긴 부지깽이로 잉걸불을 뒤적인다. 벌건 잉걸불이 뒤적여질 때마다 아내와의 잠자리가 어른거린다.

나는 아내와 함께 덮던 이불 속에서 항상 한기를 느꼈다. 차가운 물에 몸을 담그고 있는 것 같은 느낌을 지울 수가 없었다. 달도 없는 밤, 그것도 가마솥 같은 황초집 굴속으로 들어온 아내를 어떻게 받아들여야 할까. 잠자리에서 아내가 지난 밤처럼 뜨거웠던 적은 없었다. 신혼 시절에도 그 이후에도 어쩌다 갖는 잠자리는 밋밋하고 반듯하기만 했다. 내가 조금이라도 체위를 바꾸려들면 아내는 몸을 빼거나 싫은 기색을 보이곤 했다. 나는 늘 성녀와 섹스를 하는 기분을 버릴 수 없었는데 지난 밤은 도대체 무슨 변괴인지 알다가도 모를 일이다.

입안이 깔깔하다. 주전자와 재떨이, 라이터가 가지런하게 놓여 있는 평상머리로 손을 뻗어 벗어둔 윗주머니를 뒤진다. 담배 한 개비를 꺼내 아궁이 속 잉걸불에 대고 깊이 빤다. 불이 붙여진 담배의 알싸한 기운이 목을 타고 온몸을 휘돈다. 나는 담배 맛에 뻐근한 가슴을 활짝 편다.

독해서 속이 따끔거리긴 하지만 아무것도 희석되지 않은 맛을 즐긴다. 담배 수매를 끝내고 남은 부스러기를 버리지 않은 건 아무리 생각해봐도 잘한 일이다. 바싹 마른 잎을 잘게 부셔 화선지에 낱개로 말아둔 것을 여태 피우고 있다. 물건을 버리지 못하는 아내의 습벽도 이런 효용성 때문일 거라는 생각이 든다. 나는 고개를 흔들며 콧구멍으로 연기를 길게 뿜어낸다.

아궁이에 장작을 물린다. 스멀스멀 이는 걱정을 누르기 위해서다. 첫 굴에 들어간 잎담배를 쪄내는 일은 언제나 마음이 조마조마하다. 작년처럼 담배 색깔이 잘 나오지 않으면 또 남의 돈을 빌려야 할 처지이다.

어릴 때 아버지 손에 만져지던 잎담배는 내 책가방이 되고, 신발이 되고, 수업료가 되었다. 지금 내 손에 만져지는 잎담배는 뭘까. 집집마다 크르렁, 현대식 기계인 벌크로 담배를 쪄내고 있는데 나만 재래식으로 담배농사를 짓고 있다. 나는 왜 이렇게 밤낮 진득한 담뱃진을 손에 묻히고 사는지. 뻑뻑, 입에 문 담배를 연거푸 빤다. 어느새 입술에 담뱃불이 닿아 깜짝 놀란다.

잎담배 한 그루엔 열 장에서 열두 장쯤의 치마폭 같은 이파리를 내민다. 대개 밑에서부터 두 장씩 따낸 잎이 한 굴에 들어간다. 노릇한 밝은 빛으로 잎담배를 쪄내기 위해 아궁이 앞을 지키는 이 시간…… 나는 이 시간을 성스럽게 여긴다. 도자기를 굽는 장인匠人이 된 기분이다. 일주일 동안 꼬박 아궁이 앞을 지켜야 하는 일이나 얕은 불에서 서서히 센 불로 몰아붙이길 반복하는 일, 그리고 황초집 봉창과 굴뚝 창으로 잎담배가 익었는지 안 익었는지를 살펴보는 일들은 도자기 굽는 일과 흡사

하다. 비닐 끈에 촘촘히 엮어 층층이 매달아둔 굴속의 담배는 아내의 성깔만큼이나 까다롭다. 내가 잠깐만 한눈을 팔면 단박 담뱃잎은 표시를 내고 만다. 시커멓거나 푸르죽죽한 때깔……. 그것은 돈이 될 수 없는 색깔이다. 사정없이 옹기를 깨는 노인마냥 나는 돈이 될 수 없는 것들을 황초집 뒤쪽으로 가져간다. 그곳에 담배무덤이 있기 때문이다. 거무죽죽한 잎들이 수북하게 쌓인 무덤엔 벌레 한 마리도 얼씬거리지 않는다.

"밥 먹어."

진득한 아내의 목소리가 아궁이 안으로 퍼진다. 아침인데도 후텁지근하다. 황초집 꼭대기 굴뚝으로 연기가 힘차게 뿜어나간다. 진흙을 발라둔 벽틈으로 들어온 볕은 벌써부터 지글거린다. 밤새 달구어진 황초집 안엔 푸릇푸릇 살아 있던 담뱃잎이 한창 숨죽이고 있을 것이다. 나는 평상 옆에 쌓아둔 굵은 장작 서너 개를 가져와 아궁이 깊숙이 밀어넣고 일어선다.

아내는 말이 없다. 감자조림과 텃밭에서 아침에 딴 호박잎을 내 앞으로 민다. 아내는 김치며 깻잎절임, 통감자조림, 무장아찌 따위의 밑반찬을 장에서 사지 않고 직접 만들어 상에 올릴 줄도 안다. 풋콩을 드문드문 박은 밥을 내밀어 가끔 나를 흐뭇하게도 한다. 나는 갓 구워낸 고등어살을 젓가락으로 집으며 아내의 표정을 살핀다. 어젯밤에 달떴던 자태는 어디에서도 찾아볼 수가 없다. 그저 무심히 수저통을 만지고 물컵을 놓을 뿐이다.

아내……. '안에 있는 해'라고 했던가. 빛을 내뿜기만 해 정작 자신은 빛을 보지 못한 듯 그녀의 얼굴은 늘 백짓장 같다. 다락방과 연결된 안방은 북향이라 종일 있어도 빛 한 줄기 밀려들지 않는다. 아내는 진종일 그곳에 틀어박혀 부질없는 골몰의 시간을 보낸다. 병적으로 사람 만나는 것을 싫어하는 성미이니 시골집보다 아파트를 그리워할 게 뻔하다. 시골집은 대문도 없어 이웃들이 제 집 드나들 듯 들락거리곤 한다. 호미를 빌려가고 제사떡을 주고 품앗이 날짜를 맞추는 일 따위가 고스란히 마당에서 이루어진다. 나는 아내가 안방 문구멍으로 바깥 사정을 살피는 걸 알고 있다. 고양이 머리를 쓰다듬으며 주문을 외운다는 것도 알고 있다.

빨리 가라, 빨리 가라, 빨리 꺼져라.

경운기를 산 날이었을 것이다. 기분도 낼 겸 아내를 태우고 읍내 장터로 갔다. 안면 있는 이웃들이 저만큼 다가오자 아내는 살 것도 없는 가게로 불쑥불쑥 들어가 몸을 피하곤 했다. 그렇게 몇 번인가를 하더니 홍삼을 선전하며 경품을 주는 난전에서는 경품을 받을 욕심에 끝내 몸을 숨기지 않았다. 하지만 이웃이 반갑게 말을 걸자 그녀는 냉랭한 어조로 '누구세요?' 하고 되묻는 어이없는 행동을 했다. 옆에 섰던 내 얼굴은 성냥불을 그어댄 것처럼 화끈거렸다. 농협대출 보증이며 품앗이 등 내가 아쉬울 때마다 도움을 받던 이웃이었기에 치밀어오르는 화를 참을 수 없었다. 그러나 나는 아내에게 성질을 부리지 못했다. 다만 우려낸 가래침을 장터 마당에 뱉었을 뿐이었다.

아내는 열무된장국을 내 앞에 떠주고 행주를 쥔다. 일없이 타원형의 식탁을 행주질하는 습관은 여전하다. 결혼 전 아내는 아이 셋을 낳겠다며 내가 고른 사각형을 버리고 타원형 식탁을 고집했다. 도시에서 시골로 이사를 올 때도 아내는 식탁을 알뜰히 챙겼다. 흠집이 여기저기 나 있고 여럿이 모여 앉아 식사할 사람도 없었기 때문에 나는 그것을 폐기 처분하고 싶었다. 더더욱 아내의 집착이 싫었다. 늦은 밤 거실로 나오면 아내는 식탁에 엎드려 잠을 자거나 행주질을 하곤 했다. 그런 아내의 모습이 내게는 허깨비같이 보여 가슴이 서늘해지기도 했다. 안쓰러운 마음에 손이라도 대면 아내는 그것을 차갑게 내치곤 했다.

아내가 뿌리친 손을 들여다보면 거기 세상 떠난 아이가 있었다. 아이가 아니라 아이의 감촉에 대한 기억이었다. 보드라운 머리카락과 꼼지락거리는 발가락, 토실토실한 엉덩이의 감촉……. 아이에 대한 나의 기억은 네 살에 멈춰져 있었다.

후룩, 열무된장국 한 숟가락을 입에 넣고 나는 냉장고를 노려본다. 삶아둔 열무가 며칠째 방치된 것을 보았기 때문이다. 혀끝에 감기는 열무가 미끈거린다. 얼른 물을 마시며 삼킨다. 냉장고 문을 열면 쉬어터진 김치, 짓무른 시금치, 곰팡이 핀 마늘 따위가 썩어가는 냄새로 진동할 것이다. 신발장엔 굽이 닳고 주둥이가 날근거리는 신발이 차 있고, 싱크대 수납장과 책상 서랍, 콘솔에도 쓸데없는 물건들이 빈틈없이 채워져 있을 것이다. 나는 없어진 물건을 찾으러 나섰다가도 끝없이 밀려나오는 폐품에 질려 물건 찾는 일을 그만두기 일쑤였다.

도시의 아파트에 살 때 나는 베란다에 놓인 화분을 버린 적이 있었다. 화초가 죽고 말라비틀어졌기 때문에 별다른 생각 없이 내린 결정이었다. 하지만 그것 때문에 아내와 나는 심각한 상황을 맞았다. 아내가 그토록 표독한 얼굴로 나에게 덤빈 적은 처음이었다.

"왜 함부로 버려. 누구 허락받고 버리는 거야."

"두면 뭘 해. 죽었으니까 버리지."

"내 허락 없이는 검불 하나도 버리지 마. 그러면 손목을 분질러놓겠어."

"죽은 게 꼴 보기 싫지도 않아?"

"상관마. 난 텅 빈 걸 보면 그냥 불안해."

나는 아내의 말을 오래도록 곱씹었다. 하지만 시골에 내려와서도 아내의 버릇은 여전했다. 빈 참치캔이며 사과궤짝, 어쩌다 읍내 오일장에서 경품으로 받아온 재생휴지며 설탕, 미역다발 따위들이 집안 구석구석에 빼곡히 처박혀 있었다.

나는 밥공기의 밥을 숟가락으로 짓이기며 부지런히 밥그릇을 비운다. 기름칠을 안 해서인지 낡아서인지 고개 숙이고 돌아가는 선풍기의 삐꺽거리는 소리가 신경에 거슬린다. 부엌 바닥을 어슬렁거리던 고양이놈은 어느새 아내의 무릎 위로 달랑 올라가 나를 빤히 노려보고 있다. 나비점이 선명한 얼룩무늬 고양이……. 놈의 두 눈에서 선뜩한 악몽이 되살아난다.

삼 년 전 겨울, 나는 도둑고양이처럼 고향집으로 스며들었다. 오랫동안 비워둔 집은 키를 키운 잡풀과 퀴퀴한 냄새로 나를 맞았다. 타이탄 트럭에서 부려진 짐짝들은 잡풀더미 위에 을씨년스럽게 놓여졌다. 짐짝 옆에 쭈그려 앉은 아내는 독을 품은 사람처럼 나를 노려봤다. 기껏 이런 곳에 살려고 그렇게 땅을 팔지 않으려 했냐고 금방이라도 날카로운 소리를 내지를 것만 같았다. 그러나 아내는 천천히 일어나 말없이 짐짝을 풀었다. 아이의 마지막 수술이 진행될 때는 벌써 내 퇴직금까지 병원비로 들어간 뒤였다. 다섯 개의 카드를 돌리며 빚땜질을 하면서도 나는 아내에게 시골땅 얘기를 꺼내지 않았다.

방마다 먼지와 거미줄을 걷어내고 골방 미닫이문을 열어 전깃불을 켤 때였다. 한 사람이 누우면 겨우 뒤척일 정도의 작은 방 구석에 고양이 한 마리가 웅크리고 있었다. 갑자기 밝은 빛에 놓여난 고양이는 눈을 가늘게 뜨고 경계를 했다. 나는 장쇠가 떨어져 나간 뒷문을 열고 눈에 띄는 작대기를 주워 놈을 사납게 몰아냈다. 뒤룩뒤룩 살찐 녀석은 느리게 뒷산 쪽으로 사라졌다. 하지만 다음 날 밤 녀석은 그 방에서 몸을 풀고 말았다. 무려 다섯 마리나 되는 새끼를 까질러버린 것이다.

지금 아내의 무릎 위에 앉아 있는 녀석은 그날 태어난 새끼다. 녀석도 아내만큼이나 늙은 것 같다. 가끔 산에서 내려오는 족제비나 다람쥐를 잡고, 인근에 쥐새끼 한 마리 얼씬거리지 못하게 하던 날렵한 몸매는 더 이상 찾아볼 수 없다. 방금 마루 밑에서 눈을 반들거리며 나온 쥐가 마당을 가로질러가는데도 멀거니 쳐다보기만 한다. 아내는 연신 힘줄이 불거진 마른 손으로 녀석의 등을 쓰다듬고 가시를 발라낸 연한 고등어살을 녀석에게 먹인다. 농투성이의 집에 애완동물 기르듯 고양이에게 정성을 쏟는 아내가 나는 사뭇 못마땅해진다. 나는 억눌렀던 말을 기어이 터뜨리고 만다.

"그만 갖다버려. 털 날리는 것 좀 봐. 저 놈의 몸에 온갖 세균이 들끓는다잖아."

"……."

고양이가 아니라 나를 갖다버리고 싶겠지……. 평소의 아내라면 분명 그렇게 응대할 터인데, 아내는 손에 들었던 수저를 조용히 내려놓고 일어나 밖으로 나간다. 치마폭에서 툭 떨어진 늙은 고양이놈은 눈을 가늘게 뜨고 나를 노려보다가 이내 굼뜬 몸놀림으로 아내를 따라간다.

가끔 아내는 잔잔한 수면 위로 도약하는 물고기처럼 행동할 때가 있다. 고양이가 골방에서 몸을 푼 날도 그랬다. 새벽녘이었을 것이다. 선뜻한 찬바람에 눈을 뜨니 골방쪽 미닫이문이 열려 있고 시커먼 물체가 흐릿하게 보였다. 나는 벼락같이 몸을 일으켰다. 옆에 자고 있던 아내가 없었다. 찍찍찍, 짐승 울음소리가 끊어질 듯 말 듯 가늘게 골방에서 흘러나왔다. 나는 몸을 낮추고 조심스럽게 다가갔다. 검은 물체가 움직이는가 싶더니 순간 내 팔의 살점이 떨어져나간 것처럼 극심한 통증이 느껴졌다. 나는 반사적으로 팔에 들러붙은 검은 물체를 내쳤다. 놀랍게도 나의 반사적인 완력에 나가떨어진 대상은 아내였다. 어둠 저쪽에서 아내 못지않게 카르릉, 카르릉, 날카로운 소리를 내던 어미고양이는 눈에 빛을 달고 있었다. 어미의 자궁에서 금방 쏟아져나와 꼼지락거리는 새끼들의 움직임이 선뜻하게 느껴졌다. 그때 아내가 다시 나에게 달려들며 날카롭게 외쳤다.

"내 새끼 살려내!"

# 왕버들

뒷산의 굴참나무 숲을 빠져나가면 제단처럼 펼쳐진 담배밭이 있다. 담배가 심어져 있는 산밭으로 가는 일이 익숙할 때도 되었는데 꽉꽉 당기는 무릎 때문에 드러난 나무뿌리 위에 걸터앉아 잠시 숨을 돌린다. 바람도 없는데 무성한 굴참나무 잎사귀들이 서로의 몸을 부딪는 소리를 낸다. 이 나무들이 없었다면 나는 지금쯤 무덤 속에 있을 것이란 생각을 하며 똥무더기처럼 펑퍼짐하게 내려앉은 앞산을 내다본다.

작년 여름에 들이닥친 태풍은 개울 옆의 집들을 쓸어가고 논과 밭, 도로의 경계를 짓뭉개버렸다. 산사태가 난 앞산은 그 밑에 자리잡고 있던 담배밭까지 휩쓸어버렸다. 담배 색깔이 잘 나오는 기름진 땅이었는데 날벼락같이 덮친 흙으로 일대의 지세가 달라져버린 것이다. 태풍의 피해는 삶의 뿌리를 흔들었다. 막 열리기 시작한 과일을 떨어뜨리고 황초집 지붕을 날리고 논밭을 함부로 짓밟아버렸다. 태풍이 지나간 바다는 더 풍부한 플랑크톤이 공급되어 풍요로워진다는데 어째서 지상은 지옥으로 변하게 만드는지 모를 일이다.

문득, 깊은 갈증이 느껴진다. 먼 산봉우리 안에 숨어 있는 약수탕이 절로 떠오른다. 머리와 가슴을 동시에 터지게 하는 그 시원함을 어찌 말로 형용할 수 있을까. 그것은 새참으로 마시는 막걸리와도 견줄 수 없는 맛이다. 도시 전체를 나에게 준다 해도 바꿀 수 없는 맛……. 도시 생활은 언제나 나에게 깊은 갈증을 느끼게 했다. 요란한 기계 소리로 꽉 찬 공장 안, 희미한 형광등불 아래 뿌옇게 떠돌던 먼지는 목에 가래를 끓게 만들었다. 입이 바짝 마르고 혓바닥이 입 천장에 쩍쩍 들러붙는 갈증으로 헛구역질을 건디지 못하는 밤이면 약수탕이 꿈에 보이곤 했다. 약수탕에 연결된 긴 호스가 공장 옆에 딸린 허름한 기숙사 방안으로 들어와 내 목을 적셔주던 꿈.

나는 개울과 마을 너머, 산모의 젖가슴처럼 올라온 산봉우리 안에 조용히 들어앉아 있는 약수탕을 지긋이 바라본다. 만지면 말랑말랑할 것 같은 산봉우리를 따라 내려오던 시선은 동구 밖, 왕버들이 있던 자리에서 멈춘다. 내가 타이탄트럭에 이삿짐을 싣고 진종일 달려오던 날의 기억이 아슴아슴 떠오른다.

마을 끝에 있던 옛 집이라 아내와 트럭 운전자를 먼저 보내고 나는 동구 밖에서 내렸다. 길은 어두웠다. 찬바람이 담배를 문 내 얼굴을 연신 할퀴어댔다. 좁은 포장길을 따라 천천히 걸었다. 저벅저벅, 마른 발자국 소리가 정적을 깼다. 이상하게도 뒤에 누군가 따라오는 듯한 느낌이 들었다. 얼른 뒤를 돌아보면 아무도 없었다. 동구 밖에 선 시커먼 왕버들만 보일 뿐이었다. 그런데도 내 발자국과 다른 소리가 자꾸만 섞여 들었다.

아름드리로 올라간 왕버들은 아이들이 올라가기 맞춤한 높이에서 양쪽으로 갈라져 있었다. 마을의 봄은 왕버들 가지에서부터 시작되었다. 연둣빛 어린 가지들이 겨우내 얼어붙었던 개울을 녹이기라도 한 것처럼 때 이른 물소리가 귓전으로 밀려들곤 했다. 그 물에 연둣빛 가지들이 치렁치렁 잠겨들었다. 꽃가루 날릴 때가 되면 집집마다 잎담배 모종을 밭으로 내갔다. 왕버들 밑에 놓인 평상은 밭을 오가는 사람들이 잠깐씩 엉덩이를 붙이는 쉼터가 되기도 했다. 정월대보름이나 기우제를 지낼 때면 왕버들은 신목처럼 받들어졌고, 철없는 조무래기들에겐 더할 나위없는 놀이터가 되어주었다. 아이들은 늘어진 가지를 잡고 누가 오래 매달려 있나 내기를 하거나 밑동에 돌을 박아 시집보내는 놀이를 했다. 나는 나무에 올라가 낮잠을 자고 책을 읽고 숙제를 했다. 지루해지면 아슬아슬한 곳까지 올라가곤 했는데 휘어진 가지는 금방이라도 찢어져 나를 땅바닥으로 내칠 것만 같았다. 그러나 나는 단 한번도 나무에서 떨어진 적이 없었다.

작년에 온 태풍은 천연기념물로 지정된 왕버들을 쓰러뜨렸다. 나는 기와지붕에 올라가 왕버들이 떠내려가는 것을 잠자코 지켜보기만 했다. 장대비를 받아내던 몸에서 열이 올라 무럭무럭 수증기가 피어올랐다. 윗도리와 반바지를 벗었는데도 답답해 결국 알몸으로 지붕에 섰다. 도무지 남의 시선을 의식할 정황이 아니었다. 내 유년의 근거와 내 정신의 뿌리가 송두리째 떠내려가고 있었으니까.

산판에서 떠내려온 통나무와 돼지, 닭, 오리, 염소 따위들은 거센 물살에 휩쓸려 형체를 알아보기 어려웠다. 하지만 왕버들은 물살의 중심에 꼿꼿이 몸통을 세우고 천천히 걸음을 옮기는 듯한 형상으로 떠내려갔다. 논물을 대기 위해 만들어둔 꽤 높은 보에 이를 때까지도 그 중심은 좀체 흔들리지 않았다. 하지만 아랫마을 다리가 문제였다. 긴 다리에 가지가 걸린 나무는 더 이상 흐름을 타지 못했다. 왕버들의 몸통에 부딪친 물살은 더욱 기세등등해져 다리를 넘어 아랫마을을 온통 물바다로 만들어버렸다.

그 여름의 끝자락에 나는 왕버들을 다시 만났다. 약수탕 근처 고추밭에 다녀오는 길이었다. 웬일인지 그날 아침엔 아내까지 따라나섰다. 아마도 전날 밤 내가 하는 혼잣말을 마음에 둔 모양이었다. 붉은 고추가 썩어 뭉크러지니 조막손이라도 아쉬워, 라며 계속 담배를 피워댔으니까.

약수탕은 관광객들로 붐볐다. 사람들 사이를 비집고 나오느라 경운기가 자주 멈칫거렸다. 느닷없이 끼어드는 사람들도 짜증스러웠지만 그보다 속을 울렁거리게 만드는 역한 냄새를 견디기 어려웠다. 땡볕에 달구어진 콜타르 냄새, 싸구려화장품 냄새, 주변 식당에서 밀려나오는 음식 냄새……

특발성 심근이란 희귀병을 앓던 아이에게서도 지독한 냄새가 났다. 존재를 확인시키는 최후의 안간힘일까. 두엄더미나 썩은 과실에서 풍기던 냄새와 별반 다를 게 없었다. 하지만 세상의 모든 냄새를 다 삭힌 듯 아이의 눈은 맑디맑았다. 썩은 것과 맑은 것의 공존을 일깨우고 저세상으로 떠난 환희……. 결국 약수탕 근처에서 나던 냄새 때문에 나는 세상 떠난 아이를 떠올리고 말았다. 그때 경운기 짐칸에 앉아 있는 줄 알았던 아내가 내 귓전에 대고 꿈을 꾸듯 몽롱한 어조로 말했다.

"여보……. 환희야. 환희!"

아내의 말에 온몸에서 힘이 빠져버렸다. 죽은 아이가 어디에 있단 말인가. 아내가 손가락으로 가리키는 곳에 깨끗하게 다듬어진 왕버들이 있었다. 가지를 다 쳐낸 우람한 몸통에 튼실한 뿌리를 줄줄이 달고서 마치 염을 끝낸 송장처럼 놓여 있었다. 나는 수석가게 앞에 눕혀진 왕버들 앞으로 경운기를 댔다. 그때까지도 아내는 몽롱한 눈빛을 거두지 못하고 왕버들만 보고 있었다. 경운기 소리에 밖으로 나온 주인은 아내의 눈빛이 왕버들에 붙박인 것을 보고 단박 쐐기를 박았다.

"고거 파는 거 아입니대이. 쪼매 있으면 뭐라카드라, 민속박물관인지 산림박물관인지에 보내뿐다꼬 군청에서 우리 집에 매껴났니더. 백제 맡아놓는다 캐갖고 돌삐 보는 사람은 없꼬 그 노무 왕뻐들인가만 치다보고 간다니깐."

주인은 빳빳하게 올라온 턱수염을 문지르며 수다스럽게 말을 계속했다. 아내의 입에서 나온 아이의 이름은 바윗덩이라도 된 듯 내 가슴을 답답하게 짓눌렀다. 우리 부부 곁에 4년을 머물다 간 아이……. 그 아이가 죽고 난 뒤 아내와 나는 아이에 관한 것은 일절 입 밖으로 꺼내지 않았다. 심지어 이름을 입 밖으로 꺼낸 적도 없었다. 그것이 아내와 나 사이에 불문율처럼 자리를 잡은 셈이었다. 하지만 오늘 그녀는 왕버들 앞에서 스스로 불문율을 깨버렸다. 무엇이 그녀로 하여금 왕버들과 아이를 혼동하게 만든 것일까.

그 후 아내는 심한 열병을 앓았다. 물 한 방울 삼키지 못한 채 몸은 불덩이처럼 달아올랐다. 병원에 가자는 내 말에 아내는 메마른 입술만 달싹거리다 고개를 완강하게 흔들어대곤 했다. 병원을 끔찍하게 싫어하기 때문이란 것을 나는 알고 있었다. 하지만 가을걷이로 바빴던 나는 아내의 고집에 날카로워진 신경을 다스리지 못한 채 거칠게 그녀를 들쳐 업어 경운기에 실었다. 왕버들이 서 있던 자리를 지날 때, 경운기 속도조절 레버를 한껏 당긴 내 손은 심하게 떨렸다.

나는 아직도 아내가 옷장 깊숙이 많은 것들을 숨기고 있다는 것을 알고 있다. 태어난 지 일주일 만에 떨어진 아이의 배꼽, 처음으로 잘라낸 보드라운 머리카락, 손톱, 발톱, 배냇저고리……. 그리고 작명소에서 만들어준 아이의 이름표.


## 엄나무

굴참나무 숲은 한 그루의 엄나무를 숨기지 못한다. 오히려 온몸에 빳빳한 가시를 세운 아름드리 엄나무가 숲을 껴안고 있는 형국이다. 나무 허리엔 흰 천이 묶여 있어 대낮인데도 선뜩한 기운을 뿜어내고 있다. 나는 나무 밑 너럭바위를 잠시 노려본다. 군데군데 떨어진 촛농과 이리저리 흩어진 향 조각이 지저분하다. 보름이 되려면 아직 멀었는데 어젯밤에도 점쟁이들이 왔다갔나? 나는 아내의 냄새라도 맡듯 코를 벌름거리며 찬찬히 타다만 향과 바위에 납작하게 붙어 있는 초의 심지를 살핀다.

달이 차오르는 보름쯤엔 북소리가 산을 울렸다. 먼 동네의 점쟁이들까지 엄나무 밑에서 기도를 하고 굿을 했다. 그럴 때면 나는 당장 달려가 나무를 베어버리고 싶었다. 북소리만 들리면 아내는 뒷문을 활짝 열어놓고 넋을 놓곤 했으니까. 왕버들이 없어지고 난 뒤부터 부쩍 심했다. 캄캄한 방안에 정물처럼 웅크리고 앉아 내가 소리치고 불러도 도무지 대답을 하지 않았다. 그저 열린 문으로 들어오는 북소리에만 귀를 세울 뿐이었다. 밥 타는 냄새가 진동하고 찌개가 끓어 넘쳐도 끝내 움직일 기미를 보이지 않았다.

올 봄, 아내는 자주 사라졌다. 거뭇한 굴참나무 가지에 연둣빛 잎이 돋아나던 무렵부터 아내가 밤나들이를 시작한 때문이었다. 비닐하우스에 담배 모종을 내고 밭을 일구느라 고단해진 나는 정신없이 한숨을 자고 나서야 늘 아내가 없어진 걸 알아차리곤 했다. 희붐한 새벽녘에야 자리에 눕는 아내의 기척은 내 촉수를 예민하게 만들었다. 손끝에 닿는 옷은 물기가 배어 척척했고 이불깃이 들썩일 때마다 쉰내가 코를 찔렀다.

뒤를 캐기로 작정한 것은 보름밤이었다. 달이 대낮처럼 밝았다. 뒷산 소쩍새 소리와 앞논 개구리 울음소리가 달빛을 빚어내기라도 하듯 밤이 깊어질수록 문설주의 그림자가 짙어졌다. 김치를 담근다며 늦도록 부엌에서 달그락거리던 아내는 어느 틈엔가 운동화 끈을 조이고 있었다. 희미하게 들리는 아내의 기척에 나는 귀를 곤추세웠다. 골목을 버리고 황초집을 돌아 텃밭을 가로질러가는 것을 보며 나는 알 수 없는 긴장과 의심으로 두 눈을 부릅떴다. 나는 종종걸음 치는 아내의 뒷모습을 노려보며 개울 옆길을 따라 동구 밖까지 내쳐 걸었다.

문득 아내가 걸음을 멈추었다. 너무 갑자기 멈추는 바람에 뒤를 따르던 나는 급히 몸을 숨길 곳을 찾지 못해 당황했다. 가까스로 가겟집 담벼락에 몸을 붙이고 짙은 그림자 속에서 한껏 숨을 죽였다. 비로소 나는 아내가 왕버들이 서 있던 자리에 걸음을 멈췄다는 걸 알아차렸다. 이제는 민속박물관에 전시된 왕버들 자리엔 분화구처럼 우묵한 구덩이가 생겨 있었다.

잠시 서 있던 아내는 돌연 가겟집 옆으로 난 언덕배기로 걸음을 옮겼다. 언덕에 올라서면 곧바로 굴참나무 숲이 나타났다. 달빛에 비친 나뭇잎들은 시커먼 벌레들이 우글거리는 것처럼 섬뜩한 풍경을 만들어냈다. 그곳으로 아내는 천천히 걸어들어갔다. 하지만 나는 더 이상 아내의 뒤를 밟을 수 없었다. 왠지 몸이 말을 듣지 않았다. 숲은 이승과 저승, 현실과 비현실의 경계에 놓여 있는 듯했다. 갈아엎은 담배 밭고랑에 털썩 주저앉자 의식의 언저리를 떠돌던 말이 불쑥 수면 위로 솟구쳤다. 그래, 내 능력은 이것밖에 안 돼……. 그것은 아이의 식어가는 몸을 부둥켜안았을 때 나를 사로잡은 절망의 언어였다. 나는 즙을 짜듯 한 줌의 흙을 손아귀에 움켜쥐고 검은 굴참나무 숲으로 몸을 던졌다.

엄나무 밑에 향을 피우고 촛불을 켜고 앉은 아내의 모습은 타인처럼 낯설었다. 하지만 그렇게 고요한 풍경은 오래잖아 광란의 춤판으로 변해버렸다. 춤을 추는 게 아니라 자신의 사지를 찢어발기듯 아내는 펄쩍펄쩍 솟구치며 연신 자신의 옷을 뜯었다. 긴 서츠의 팔이 늘어지는가 싶더니 뿌직 소리를 내며 찢어졌다. 곧이어 앞단추가 떨어지고 마른 젖가슴이 비어져 나왔다. 일렁이는 촛불 탓인지 아내의 얼굴은 끔찍한 형상으로 일그러져 있었다. 그 표정이 내 가슴에 비수처럼 날아와 박혔다. 순간, 아내처럼 모든 걸 놓아버리고 길길이 날뛰고 싶다는 충동으로 나는 격렬하게 몸을 떨었다. 나는 더 이상 견디지 못한 채 미친 듯 달려나가 아내를 끌어안았다. 나의 출현에 심하게 발광할 거라 예상했으나 아내는 순한 짐승처럼 힘없이 내 품에 쓰러졌다. 그녀의 젖은 몸에서 마른 풀 냄새가 났다.

엄나무가 귀신을 쫓는 나무라던 아내의 말이 떠오른다. 나는 손을 뻗어 엄나무 가시 하나를 딴다. 입에 넣고 꼭꼭 씹는다. 쌉쌀한 맛이 입안에 퍼진다. 나는 자못 엄숙한 얼굴로 상체의 각을 세운다. 일순 사람의 손바닥 같은 엄나무 잎이 내 얼굴을 후려칠 것처럼 세차게 흔들린다. 비가 오려는 걸까, 나는 어둑해지는 숲을 잰걸음으로 빠져나온다.

　담배밭은 잔뜩 약이 올라 있다. 시커멓게 약이 오른 담뱃잎이 넓은 밭을 빈틈없이 채우고 있다. 발을 들이미는 나를 밀어낼 기세다. 나는 저 멀리 소나기구름이 몰려오는 걸 보고 얼른 밭고랑으로 들어선다. 넓적넓적한 잎 사이로 쑥쑥 올라와 있는 담배꽃을 딴다. 꽃은 겨우 몽우리를 맺고 있는 상태다. 아이 입술처럼 뾰족이 내민 몽우리를 사정없이 꺾어버린다. 금세 손은 담뱃진으로 시커멓다. 내가 지나간 고랑마다 담배꽃이 수북하게 깔린다. 담배꽃을 쳐내는 내 손은 가위라도 쥔 듯 빠르다. 황초집 아궁이에 불이 사그라지기 전에 일을 끝내야 한다. 후드득, 후드득, 한두 방울 떨어지던 비는 순식간에 장대비로 담뱃잎을 때린다. 빗소리는 떼로 몰려오는 장정들의 발자국 소리처럼 어지럽다.


## 막굴

　마지막 잎담배가 황초집 굴속으로 들어간다. 아침부터 내리기 시작한 비가 좀체 그치지 않는다. 아궁이의 불기운이 약하다. 겨우내 장만해둔 장작은 넉넉하게 남아 있다. 나는 아궁이 가득 장작을 집어넣고 평상에 몸을 눕힌다. 막굴은 늘 길고 어두운 터널을 겨우 빠져나온 듯 몸을 축 늘어지게 만드는데 지금 내 몸은 오히려 싱싱하다. 맑고 섬세한 햇볕이 몸 구석구석에 닿아 새살이 돋는 것 같다. 다른 어느 해보다 담배 색깔이 잘 나와서일까.

막굴에 들어가는 잎담배는 덤으로 주는 야채처럼 볼품이 없다. 그래
서 마지막 남은 한두 개의 담뱃잎을 따는 손은 언제나 떨린다. 손이 떨
리는 건지, 잎을 당긴 반동으로 앙상하게 남은 그루터기가 떨리는 건지
알 수가 없다. 다만 푸른 잎으로 꽉 찼던 밭이 휑하게 비는 것을 보노라
면 아내의 마음도 어느 정도 가늠할 수 있을 것 같다.

타, 타, 타.

부지깽이로 아궁이를 들쑤시자 가느다랗던 불줄기가 금방 센 불길
로 치솟는다. 나는 가만히 빗소리에 귀를 기울인다. 비는 밭에 버려진
담배꽃을 밟고 엄나무잎과 굴참나무잎, 텃밭의 호박잎, 옥수숫잎을 차
례로 밟으며 나에게 다가온다. 자박자박, 어느새 빗소리는 아이의 발자
국 소리로 변한다.

아이가 제대로 땅을 밟아보기나 했던가. 아이는 제법 살이 오른 다리
로 놀이터며 길거리를 막무가내로 뒤뚱거릴 무렵에 세상을 떠났다. 걷
다가 조금이라도 물이 고여 있으면 아무리 말려도 찰박거리며 옷을 적
시던 아이……. 내가 만약 시골 땅을 팔았다면 아이가 다시 땅을 밟을
수 있었을까. 애걸복걸 매달리며 애원했지만 의사는 아내와 나에게 끝
내 희망의 씨앗을 건네주지 않았다. 아이는 몸 곳곳에 구멍을 뚫고 호
스로 최소한의 영양을 공급받으며 오직 심전도만으로 생명을 유지했
다. 아이의 발바닥을 간질일 때마다 꼼지락거리는 걸 보며 나는 안도의
한숨을 내쉬곤 했다. 그것이 아이의 생명에 대한 안도의 한숨이었을까.
알 수가 없다. 혹, 이제 그만 떠나라, 제발 우리를 살게 해달라는 애원
의 한숨은 아니었는지.

찰박찰박, 아내의 발소리가 들린다. 평상에서 놀라 일어나는 내게 아내는 찐 옥수수를 내민다. 옥수수 알이 슬리퍼 밖으로 나온 아내의 발톱처럼 가지런하다.

"이상해."

"뭐가?"

"놓고 나니까 마음이 편해.

"…… 뭘?"

"어제 고양이를 놓아줬어."

"……."

"환희 부스러기도 뒷산에 다 묻었어."

"……."

그러고 보니 때마다 식탁에 올라오던 고양이가 어제 저녁과 오늘 아침에 보이지 않았다.

"고양이를 놓아주고, 아이의 배꼽과 머리카락, 손톱, 발톱을 땅에 묻는데……. 어쩐지 내가 하는 게 아니라 누군가 내 몸에 들어와 시키는 것 같았어."

아내의 말은 태풍이 지나간 다음의 바다처럼 잠잠한 느낌을 준다. 나는 아궁이 앞에 쭈그려 앉은 아내의 옆얼굴을 찬찬히 뜯어본다. 백짓장 같던 아내의 안색이 한 꺼풀 벗겨낸 듯 뽀송해 보인다. 귀밑과 턱, 뺨까지 발그레한 홍조가 되살아난다. 참 오랜만에 다시 보는 빛이다.

## 약수탕

원탕, 중탕, 상탕, 천탕으로 이어진 샘구멍에서 뽀글뽀글 약수가 솟아오른다. 가장 물맛이 세다는 원탕 앞에 경운기를 세운다. 아이의 옹알이처럼 약수는 연신 소리를 내며 솟아오른다. 한 바가지 뜬 약수를 입으로 가져간 아내는 꿀꺽꿀꺽 단숨에 들이켜고 이내 빈 바가지를 내민다. 이 물로 밥을 지으면 삶은 계란 냄새가 나고 색깔이 초록으로 변한다. 항상 못 먹겠다고 버리던 아내가 약수를 한 바가지나 마신 게 신기하다. 물을 목으로 넘기면 찌릿한 탄산가스가 몸속을 훑은 뒤 이윽고 시원한 트림을 밀어올린다. 오랫동안 가슴에 쌓인 앙금이 초록 기포로 변해 세상으로 밀려나오는 건지도 모른다. 아내가 그 맛에 눈을 뜬 걸까.

나는 경운기의 변속기어를 이단에 놓고 깨끗하게 물청소를 한 수석 가게 앞을 지난다. 어쩐지 마을로 곧장 들어가고 싶지 않다. 경운기 머리를 돌려 산사태가 난 앞산 쪽의 좁은 농로로 접어든다. 경운기가 지나갈 때마다 길섶에 칠칠하게 자란 방초가 몸을 눕혔다 일으킨다. 탈탈탈, 경운기의 소음 속으로 아내의 탄성이 쏟아진다.

"어머, 예뻐라. 저것 좀 봐!"

나는 갓길에 경운기를 세우고 아내가 손짓하는 곳을 바라본다.

산사태로 흔적 없이 사라진 담배밭 자리에 담배꽃이 지천으로 피어 있다. 담뱃잎 곁에 꽃대를 올린 연분홍 꽃은 천연덕스러울 정도로 만개해 있다. 나는 지금껏 단 한번도 그 꽃이 예쁘다는 생각을 해본 적이 없다. 그래서일까, 아내의 탄성이 새삼스레 가슴을 설레게 한다. 그저 꽃을 따주어야 담뱃잎이 더 넓고 고운 빛깔을 낸다기에 몽우리가 맺히기 무섭게 꺾어버리기만 했을 뿐이었다. 담배꽃은 나에게 인생처럼 지겹고 끈질긴 것으로 각인되었다. 한번이라도 담배꽃의 온전한 모습을 본 적이 있었던가.

나는 여기저기 몸을 세운 담배꽃 가까이 다가가 긴 종 모양의 여린 꽃수술을 살짝 건드린다. 꽃수술이 파르르 어린아이의 입술처럼 떨린다. 나는 눈을 가늘게 뜨고 꽃수술 안쪽을 들여다본다. 깊고 아늑한 그곳에 한참 눈길을 주고 있노라니 내가 모르고 있던 또 다른 세상이 슬그머니 열린다. 거기, 날마다 보면서 단 한번도 보지 못한 낯선 세상 속에서 희망의 언어가 몸을 뒤채고 있다. 꽃가루 가득 묻은 날개를 털고 이제 막 비상하는 그것이 내 가슴으로 스며들어 절로 입술을 움직이게 만든다. 환희……. 고개를 들자 아내가 환한 표정으로 나와 똑같은 입 모양을 만들고 있다.

아, 담배꽃 천국이다. □

# 고래 365

햇살이 눈을 찌른다. 나는 칼질을 멈추고 고개를 든다. 도구함이 한눈에 들어온다. 그것은 부식창고 옆, 창틀 밑에 놓여 있다. 나무로 짠 사각형의 빈 도구함은 뒤틀린 입을 벌리고 있다. 얼마 전 하늘색으로 페인트칠을 했는데도 여기저기 얼룩이 생겨 지저분해 보인다. 그 안에 들어 있던 한 개의 가위와 열 개의 칼은 취사장 곳곳에서 일하는 사내들의 손에 들려 있다. 그 중 하나가 내 손에 들려 있다. 칼을 비롯한 모든 취사도구들은 하나같이 끝이 뭉툭하다. 뾰족한 것은 무기가 될 수 있기 때문이다. 애초 취사장으로 반입될 때부터 그것들은 끝이 뭉툭하게 잘려 있었다. 하지만 도구를 다루는 사내들 중 누군가 그것을 날카롭게 벼리는 꿈을 꾸고 있을지도 모른다.

조리실 가운데 탁자 위엔 애호박이 수북하다. 점심 반찬인 호박볶음을 조리하기 위해선 서둘러야 한다. 열한 시 배식시간에 맞추려면 빠듯한 시간이다. 어제 오후 나는 그것을 미리 썰어놓자던 사내들의 말을 무시했다. 채소는 칼이 몸속에 박히는 순간부터 영양이 손실된다는 것을 알기 때문이다. 간단히 말해 천 명의 목숨이 내 손 안에 있다. 나는 그것을 뿌듯해한다. 마음만 먹으면 한꺼번에 죽일 수도 있다. 양잿물 한 줌이면 충분할 것이다. 나는 부식창고 항아리 속에 그것이 들어 있다는 것을 안다. 한 달에 한번씩 모아둔 폐식용유로 빨래비누를 만들기 위해서다. 담당은 쓰고 남은 양잿물을 그곳에 보관했다. 하지만 담당은 양잿물

보다 칼과 가위가 든 도구함을 더 위험한 것으로 간주하고 있다.

국솥 옆, 가스 불 위의 냄비 뚜껑이 연신 들썩거린다. 파뿌리와 표고버섯 꽁지를 달이는 중이다. 그것은 돈육찌개용 조미료로 쓰일 것이다. 미원, 다시다, 흰 설탕, 소금 따위는 소량으로 쓰거나 아에 사용하지 않는다. 표고버섯 꽁지나 멸치 대가리, 파뿌리를 버리지 않고 모아놓은 것도 조미료를 만들기 위해서다. 빈 된장통과 들통엔 커다란 돌로 눌러놓은 장아찌가 가득하다. 고추, 마늘, 깻잎, 무, 마늘쫑⋯⋯. 냉장고 옆에 세워진 빵빵한 통들을 볼 때마다 나는 마음이 흐뭇해지곤 한다. 내가 직접 삭혀놓은 것들이다. 나는 호박을 자르면서 옆의 사내에게 눈짓을 한다. 사내는 하던 일을 멈추고 금세 달려가 불을 낮춘다.

취사장에서 일하는 서른 명의 사내들은 조리장인 내 말을 잘 듣는 편이다. 하긴 사내들은 도구함 속에 든 뭉툭한 칼 같은 존재인지도 모른다. 교통사범이나 생계형절도, 보건위생법, 식품위생법 위반 따위의 단순범죄 경력의 소유자들이다. 일을 시켜도 사고를 치지 않을 만한 특징 없는 인간으로 분류되었기 때문일 것이다.

내가 조리장이 될 수 있었던 것은 사회에서 만두집을 경영했기 때문이다. 담당은 그것이 조리장 발탁 사유라고 했다. 신분카드 뒷장의 경력란에 '만두집 오 년 운영'이라 적어넣은 기억이 났다. 한식, 양식, 제빵 기술자격증은 적어 넣지 않았다. 신분카드를 보지 않더라도 세상 사람들은 내가 누구인지 다 알 것이다. 내 얼굴이 신문과 텔레비전을 도배한 적이 있었다. 만두는 나를 교도소에 가두었고 또한 교도소에서 대접받게 만들었다. 더 엄밀히 따지자면 만두가 아니라 아내가 그렇게 만든 셈이다. 아내는 나를 평생 교도소에 처박아둘지도 모른다. 그 생각이 들자 가슴이 섬뜩해진다. 호박을 써는 내 손놀림은 더 빨라진다. 동동동, 박달나무 도마에 칼끝이 닿는 소리는 조리장 안을 가득 채운다. 부풀어오르는 풍선처럼 소리는 점점 팽창한다. 탁자 위에 수북하게 쌓였던 호박은 사내들이 놀리는 칼날에 야금야금 조각이 난다.

조리장은 일을 하지 않는다. 365번은 잠잘 때마다 내 귓전에 대고 그 말을 속살거렸다. 뒷짐을 지고 넓은 취사장을 오가며 보일러 기계가 잘 돌아가는지 살피고, 게으름을 피우는 놈들은 없는지 둘러보고, 마지막으로 조리된 음식을 맛보고 담당에게 보고만 하면 그만이라고 했다. 그저 도구함 관리만 잘하면 쉽게 징역살이가 풀릴 거라고 했다. 365번은 내 앞에서 칼질을 하고 있다. 불규칙한 소리를 낸다. 매우 서툰 솜씨다. 저런 솜씨로 어떻게 얇은 살갗에 칼을 댔는지……. 나는 고개를 가로젓는다. 마지막 한 개의 호박을 사 분의 이 박자로 자른다. 코끝에 땀방울이 대롱거린다. 쓱, 그것을 손등으로 문지르며 허리를 편다.

활짝 열린 창엔 파란 하늘이 꽉 차 있다. 나도 모르게 한숨이 나온다. 하늘을 볼 때마다 머릿속은 바다로 출렁인다. 지금처럼 맑은 가을하늘은 더욱 그렇다. 한참을 보고 있으면 어느새 내 몸은 포경선에 올라가 있다. 돛대 위의 톱(감시소)에 앉아 눈을 가늘게 뜬다. 멀리 갈매기 울음소리가 분주히 들린다. 바람도 없는 바다에 느닷없이 바닷물이 들썩인다. 점점 내 얼굴은 홧홧해진다. 드럼통을 두드리는 소리가 귓전을 때린다. 고래의 노랫소리. 마치 휘파람을 불며 몰려온 점령군처럼 고래들은 포경선을 툭툭 친다. 뱃머리를 가르는 물살에 윈드서핑을 하듯 올라타기도 한다. 분수처럼 뿜어내는 물은 뱃사람들을 흥분시킨다. 배 안은 순식간에 활기로 넘친다. 작살을 쏘는 포경포 앞에 선 사람들은 적과 마주한 병사 같은 표정이다. 그들은 잠깐씩 숨을 쉬기 위해 수면 위로 올라오는 고래의 몸통을 놓치지 않는다. 날카로운 쇠뭉치는 정확히 고래의 몸에 박힌다. 고래는 삼십 분 이상을 버텨내지 못한다. 지친 몸을 뱃사람들에게 맡긴다.

나는 내가 잡은 고래 고기를 아내에게 먹이고 싶었다. 피가 통하지 않아, 밤에 잠을 자다가도 벌떡 일어나 내게 발을 맡기며 곧잘 주무르게 하던 아내. 고래 특유의 향이 나는 가슴살과 배폭살을 살짝 얼려, 고추냉이를 푼 간장에 어슷썰기한 그것을 찍어 먹이면 막혔던 피가 활발히 돌 것 같았다. 몇 년 동안 소금에 절여둔 푹 익은 꼬리와 지느러미를 얇게 썰어 더운물에 살짝 데쳐 먹이면 쟁반을 깨는 일은 없겠지. 말끝마다 쏘아대는 아내의 독기도 수그러들지 모른다. 나는 웃는 얼굴의 아내를 보면 괜스레 기운이 넘쳤다. 수육과 육회, 생고기, 우네, 오베기를 한 접시에 골고루 놓아 아내로 하여금 고래 한 마리의 맛을 다 보게 하고 싶었다. 그러면 아내가 내 가슴에 안겨 고래처럼 몸을 뒤챌 것 같았다.

대형 팬에 들기름을 두른 뒤 소금에 살짝 절여둔 물기 뺀 호박을 넣는다. 지글지글, 호박의 연한 살 속으로 고소한 기름이 스며든다. 간장을 두르고 긴 삽으로 뒤적인다. 마치 고래의 내장을 뒤적이는 포즈다. 365번과 함께 뒤적인다. 혼자서 뒤적이면 한 쪽에서 누를 수도 있다. 녀석은 보건위생법으로 들어왔다. 문신을 해주다 재수 없이 잡혔다고 했다. 일본에서 배운 기술이라며 때마다 자랑을 했다. 성형외과 의사들에게만 문신을 허가하는 것에 늘 욕을 해대곤 했다.

나와 365번의 삽질은 기계적이다. 작동 명령을 받은 로봇처럼 차례로 삽질을 한다. 삽끝과 대형 팬의 바닥이 스치며 내는 소리는 내 살갗을 할퀴는 것 같다. 365번이 뒤적일 때마다 녀석의 팔에 새겨진 장검이 꿈틀꿈틀 움직인다. 나는 문신에 시선을 꽂는다. 칼은 손목에서부터 어깨까지 새겨져 있다. 지압기처럼 돌기가 돋아난 손잡이 부분이 손목에 새겨져 있다. 그래서일까. 칼은 언제나 아슬아슬한 형국이다. 칼끝은 반을 걷어올린 수인복에 가려져 있다. 아버지가 고래 해체용으로 사용하던 긴 칼 같다. 그 칼의 수명은 일 년이었다. 이천 마리쯤의 고래를 해치우고 나서야 칼은 고물상으로 갔다. 칼날이 닳아서 더 이상 사용할 수 없었기 때문이었다. 나는 녀석의 팔을 보고 있노라면 장검이 내 손에 덥석 잡히는 착각을 하게 된다. 북반구에서 적도를 거쳐 오호츠크해까지 올라오는 길목. 그 길목에서 잡은 고래의 배를 장검으로 가르고 싶어진다.

픽, 보일러의 취사압력 터지는 소리가 실내의 분주함을 단번에 걷어낸다. 밥이 다 됐다는 신호를 보내는 기계는 위압적이다. 마치 좌충우돌하는 군중 속에서 울리는 공포탄 같다. 뜨거운 수증기가 취사장 안에서 밖으로 난 쇠파이프 관을 타고 힘차게 빠져나간다. 나는 돈육찌개를 끓인 국솥에 볶은소금을 한 줌 넣는다. 잔불에 끓고 있던 냄비 속의 국물을 섞는다. 선반 밑에 걸려 있던 긴 국장을 벗겨와 휘휘 저은 다음 맛을 본다. 신김치와 어우러진 고기 맛이 혀끝에 착 감긴다. 차례대로 밀려오는 밥차에 돈육찌개, 밥, 호박볶음, 김치를 듬뿍듬뿍 담는다. 찌그

럭찌그럭, 복도를 울리는 밥차 끄는 소리는 철창 속 사내들의 침샘을 자극할 것이다. 돈육찌개에 든 고기를 한 점이라도 더 먹기 위해 눈을 뒤룩거리고 입이 미어터지게 밥숟가락을 밀어넣는 사내들이 떠오른다. 잠깐 반찬통을 보며 망설인다. 반찬이 모자라면 그만큼 고달프기 때문이다. 그러나 생각을 바꾼다. 배가 빵빵한 장아찌통들은 모자라는 반찬을 채워주고도 남을 것이다. 반찬통에 호박볶음을 한 바가지씩 더 넣는다. 긴 비닐 앞치마를 두른 취사부들의 움직임은 빠르고 정확하다. 드러난 팔뚝엔 땀이 번질거린다. 넘치는 힘들을 가볍게 쏟아낸다. 사내들이 쏟아낸 에너지를 단숨에 빨아들이기라도 하려는 듯 취사장 벽에 붙은 환풍기 소리가 요란하다.

길게 숨을 몰아쉬며 감나무 밑에 앉는다. 이렇게 한바탕 일을 끝내고 나면 담배 생각이 간절하다. 사내들이 버리고 간 종이말이를 땅에서 주워들고 냄새를 맡아본다. 뉘척지근한 냄새가 코를 찌른다. 사내들은 부식으로 들어온 고구마 줄기를 바싹 말려 종이에 말아 피웠다. 담배 반입이 금지되어 있기 때문이다. 부식창고 한쪽 구석엔 지금도 시들한 고구마 줄기가 있을 것이다. 나는 그것을 담당에게 고자질하여 점수를 따내는 짓은 하지 않는다. 이곳에서 점수는 얼마나 중요한가. 점수가 높아질수록 바깥세상이 그만큼 가까워진다. 사실 점수를 따낼 것들은 도처에 널려 있다. 사내들이 은밀하고 교묘하게 숨기고 있는 것들을 밀고하면 되는 것이다. 텔레비전 채널을 조정하기 위해 방바닥 밑에 숨겨둔 나사못, 자살용으로 목을 매기 위해 몇 개로 매듭지어진 타올, 부식창고에서 훔쳐간 소시지, 운동화 밑창에 깔려 있는 쪽지 편지들…… 하지만 그런 것들은 나와 상관없는 일이다. 나는 정당한 점수를 원할 뿐이다. 가석방이란 먹잇감에 목을 매는 사내들을 보면 그 앞에 가래침을 뱉고 싶어진다. 손가락 새에 낀 종이말이를 멀리 튕긴다. 튕겨진 종이말이는 하수구 구멍으로 빠진다. 그곳엔 더러운 도둑고양이가 웅크리고 있을 것이다.

칠이 벗겨진 높은 담 너머에는 늘씬한 낙엽송과 포플러나무가 몸을 흔들고 있다. 내가 앉은 감나무 주위로 드문드문 피어난 장미와 소철, 라일락, 철쭉, 층층나무들을 훑으며 나는 쓴웃음을 삼킨다. 담 안의 나무들은 내 키를 넘지 못하는 앉은뱅이다.

장마가 시작될 무렵에 나는 취사장으로 배정되었다. 전기톱을 든 원예부 사내들이 얼마나 들락거렸던가. 장맛비에 쑥쑥 키를 키우는 나무가 성가시다는 듯 원예부 사내들은 아무렇게나 잘라냈다. 무성한 잎을 단 나뭇가지들이 뭉텅이로 잘려나갔다. 생전 빗질을 하지 않은 여자의 머리 모양새로 만들어놓고 가버렸다. 나는 가끔 전기톱을 대지 않은 나무를 상상한다. 키를 키운 감나무의 단단한 가지가 담벼락에 걸쳐지면 나는 재빠르게 가지를 밟을 것이다. 팽팽한 종아리를 담장 위에 세우고 호흡을 고른다. 까마득한 아래를 보고 두 눈을 부릅뜬다. 주저 없이 뛴다. 몇 개의 철조망을 벗어나 길 위에 선다. 두 갈래의 길……. 바다로 가는 길과 아내가 있는 집으로 가는 길. 숨을 헐떡이며 갈등한다. 그 모습이 그려지자 나는 그만 머리카락을 움켜쥐고 만다.

손을 뻗어 감 하나를 딴다. 양껏 쥐어지는 노란 감의 감촉이 싫지는 않다. 달포가 지나면 떫은 결이 삭아 단맛이 우러날 것이다. 너무 말랑하지도 너무 딱딱하지도 않은 감. 그때가 제일 맛있다. 아내의 가슴이 그랬다. 먹은 것이 가슴으로만 가는지 아내의 팔이나 다리는 비쩍 말랐는데, 가슴만은 탱탱하고 컸다. 우윳빛 가슴은 푸른 정맥을 말갛게 드러내고 연분홍 꽃받침 위로 불거진 젖꼭지는 살짝만 건드려도 빳빳이 고개를 쳐들곤 했다. 젖꼭지는 마치 잘 손질된 무덤 위에 핀 꽃 같았다. 서른이 넘도록 아이에게 젖을 물려보지 못한 가슴은 늘 탐스러웠다. 나는 아내의 가슴을 사랑했다. 하지만 지금, 내가 사랑한 가슴을 누군가 거머쥐고 있을 것이다. 그 손이 눈앞에 어른거린다.

성경을 한 장씩 넘기는 대머리의 손은 여자의 그것처럼 하얗고 길었다. 주방에서 만두를 찌고 있던 나는 아내와 테이블에 마주앉아 노닥거리는 대머리를 처음부터 경계했다. 대머리는 성경공부를 한다는 명목으로 일주일에 한번씩 가게로 왔다. 노닥거린다는 것은 순전히 내 생각이다. 아내는 하나님의 귀한 말씀을 듣는 시간이라며 아주 성스러워했으니까. 대머리가 오기로 한 날은 목욕을 깨끗이 하고 오랫동안 화장을 했다. 어느 날부터는 거울 앞에 앉아 털을 뽑았다. 아내의 몸엔 까만 털이 많았다. 내 몸이 닿을 때마다 연신 간지럼을 타게 만드는 부드러운 털이었다. 그 터럭은 고래의 주름 같기도 했다. 턱 밑에서 배꼽까지 촘촘히 잡혀 있던 고래의 주름을 만지길 나는 얼마나 좋아했던가. 아내는 팔을 높이 쳐들고 집게로 겨드랑이털을 뽑고 배꼽 밑으로 난 거뭇한 털을 하나하나 뽑아냈다. 털이 뽑혀나간 자리에 돋는 새로운 털은 장미가시처럼 빳빳했다. 아내를 만지려들면 그 빳빳한 털이 나를 밀어내곤 했다. 아내의 털뽑기는 규칙적이었다. 한 달에 한번씩 뽑는다는 것을 나는 쉽게 알 수 있었다. 아내의 몸에서 한 달 동안 자란 털은 내 손가락 마디만 했다. 안방 화장대 밑에 손가락 마디를 군데군데 흘려놓았다. 그리고 아내는 어두운 지하 동굴 속으로 들어갔다.

　동굴은 만두가게 옆의 지하 교회를 뜻하는 말이다. 그곳으로 내려가는 계단은 에쓰S 자로 되어 있다. 콘크리트 계단 끝에 신발의 뒤축이 걸리기라도 하면 사정없이 동굴 안으로 떨어진다. 아내를 찾으러 간 날도 그랬다.

　가게 문을 닫고 한참이 지나도록 아내가 돌아오지 않았다. 바깥바람은 찼다. 새벽 한 시가 가까워오는 시간이라 상가들은 모두 불이 꺼져 있었다. 희미한 빛이 흘러나오는 곳은 가게 옆의 지하 동굴뿐이었다. 양말도 신지 않고 맨발로 꿰찬 신발은 차갑고 헐거웠다. 한 칸 한 칸 계단을 밟았다. 헐거워진 신발 때문인지, 누가 떨어뜨린 물이 얼었는지 계단은 의외로 미끄러웠다. 잠시 휘청거리던 나는 다리를 꺾고 몸을 굴리고 말았다. 욱신거리는 몸을 일으켜세우자 반질반질하게 니스가 칠해진 십자가가 눈을 찔렀다. 동굴 안으로 들어온 것은 그때가 처음이었다. 여러 개의 장의자가 놓인 바닥은 섬뜩할 정도로 차가웠다. 아내의 거친 숨소리가 들리는 듯했다. 십자가 뒤쪽, 벨벳으로 된 커튼 자락이 펄럭이는 것도 같았다. 흠흠, 기침을 했으나 조용했다. 순간 발가락이 아렸다. 신발을 벗어보니 계단을 구르면서 새끼발가락이 찢어진 것 같았다. 피가 계속 흘러나왔다. 찢어진 발가락을 움켜쥐고 있는데 어디선가 드럼통을 두드리는 듯 규칙적인 소리가 들렸다. 그것은 분명 고래의 노랫소리였다. 위턱 안쪽에서 밀려나오는 속 깊은 울림……. 나는 이리저리 고개를 돌리며 고래의 노랫소리가 들리는 쪽으로 허겁지겁 빠져나왔다. 동굴 밖은 그저 사나운 바람만이 전선줄을 흔들고 있을 뿐이었다.

지하 교회는 원래 야채가게가 있던 자리였다. 주변에 대형 마트들이 하나둘 생겨나자 견뎌내지 못하고 부도가 나고 말았다. 그 뒤에 교회가 들어섰다. 이태 전에 들어선 교회는 아내를 딴 사람으로 만들어버렸다. 걸레 짜는 것도 힘이 든다며 내게 맡기던 아내가 교회 일이라면 팔을 걷고 나섰다. 만두가게를 찾는 고객은 주로 조무래기 손님들이었지만 그래도 주말이면 일손이 딸렸다. 아내에게 만두가게는 부업에 불과했다. 봉사활동과 새벽기도, 가정예배, 성경공부, 수요예배, 주일예배, 아침예배, 저녁예배……. 끝도 없는 교회 행사들을 내세워 나중에는 아예 동굴에서 나오지 않았다.

"닭대가리는 어떻게 할까요?"

365번은 차려 자세로 나에게 묻는다. 취사장에서 그를 사무적으로 대하긴 나도 마찬가지다. 푸른 수인복 왼쪽 가슴팍에 붙어 있는 번호가 곧 떨어질 것 같다. 아침에, 저녁 반찬용으로 들어온 부식을 트럭에서 내릴 때 부대자루 안에 고개를 외로 꼬고 있던 닭들이 생각난다. 닭도리탕이 저녁 메뉴다. 급하게 가져오느라 대가리를 잘라내지 못했다며 부식담당은 미안한 얼굴을 했었다.

"쳐내."

눈을 동그랗게 뜨고 있는 닭대가리를 친다. 속이 텅 빈 닭 날개와 다리, 가슴살을 알맞은 크기로 토막낸다. 내려치는 칼날은 무디다. 굵은 뼈가 칼날 끝에서 자꾸만 튕겨나간다. 나는 칼날을 엄지손가락으로 문질러보다 이맛살을 찡그린다. 개수대 옆 바닥에 설치된 숫돌에 대고 간다. 몇 방울의 물을 숫돌에 떨어뜨린 후 손아귀에 힘을 준다. 힘을 줄 때마다 불끈거리는 힘줄이 도드라진다. 식식 내뿜는 숨소리가 거칠수록 칼날이 파랗게 선다. 쇳물이 칼날에 미끈거리며 엉겨 붙는다. 아내의 음순 속에서 질척이는 물기 같다. 아내의 음모는 늪지에 우거진 수초처럼 숱이 많았다. 수초를 헤치다 발이라도 빠지면 몸까지 빨려들어가고 마는 깊은 늪. 아내는 그런 늪을 가지고 있었다.

엉덩이를 높이 쳐들고 정신없이 칼을 갈던 나는 어느 순간 칼을 놓친다. 오른손으로 감싼 왼손엔 금세 흥건한 피가 손목을 타고 흘러내린다. 시멘트 바닥에 떨어지는 핏방울은 울퉁불퉁한 틈새로 퍼진다. 손을 심장 위로 올린다. 고개를 돌리자 고양이와 눈이 마주친다. 고양이는 문턱에 꼬리를 감고 앉아 있다. 나비점이 선명하고, 부드러운 붓끝이 닿은 듯 꼬리와 다리, 등뼈 부분에 검은 얼룩이 있다. 이제까지 나를 노려보고 있었다는 눈빛이다. 내가 검은 눈동자를 뚫어지게 쳐다보자 고양이는 슬그머니 일어나 담벼락 밑의 시궁창 속으로 몸을 밀어넣는다. 그곳은 아내가 들어간 지하 동굴 같은 곳인지도 모른다. 고양이가 그곳에 은신처를 마련하지 않았다면 다른 고양이들처럼 증기솥 안이나 주사바늘에 안락사 당했을 것이다.

교도소 안에는 고양이가 많았다. "쓰레기만두"란 뉴스 타이틀이 텔레비전 화면을 가득 채우던 날, 그러니까 내가 뉴스의 초점이 되던 날 나는 교도소에서 고양이를 처음 보았다. 나는 비스듬히 벽에 어깨를 기댄 채 수갑을 차고 연행되는 나를 뉴스 화면으로 보고 있었다. 아나운서의 목소리에 바짝 귀를 세우고 있었지만 자꾸 말을 놓쳤다. 창밖에서 발정난 고양이들이 내지르는 소리 때문이었다. 그것이 나에게는 지옥에서 보내오는 저주의 주문처럼 들렸다. 만두 속에다 오물을 넣은 인간, 평생 감옥에서 썩어야 할 쓰레기 같은 인간……. 니아옹, 냐옹, 니아옹.

3개월마다 새끼를 치는 고양이는 급속도로 늘어났다. 교도소 측에서도 골칫거리인 것 같았다. 때마침 '중증호흡기증후군'란 병이 요란스럽게 세상을 들끓게 하자 고양이 소탕작업이 시작되었다. 빨간 모자를 쓴 낯선 사내가 취사장 앞뜰 여기저기에 고양이틀을 놓았다. 고양이틀이라고 하지만 내 눈에는 어설프기 짝이 없어 보였다. 약삭빠른 고양이들이 빨간 모자의 꾀에 넘어갈까, 나는 마른입술을 연신 혀로 적셨다. 굵은 철사로 만든 사각틀 안에는 꽁치대가리가 꽂혀 비린내를 풍기고 있었다. 위로 밀어올릴 수 있게 만들어진 문은 긴 쇠꼬챙이를 빗장처럼 달고 있었다. 쇠꼬챙이는 조금만 건드려도 철거덕, 문이 내려지고 빗장이 질렸다. 고양이 목숨이 쇠꼬챙이에 달려 있는 셈이었다. 하지만 몸집이 작은 고양이들은 충분히 꽁치만 빼먹고 살아나갈 수 있었다. 나는 마른입술에 일어난 거스러미를 뜯어냈다. 자꾸만 속이 울렁거렸다. 비린내를 맡고 어슬렁거리며 다가오는 고양이들에게 돌멩이를 던져 쫓아버리고 싶었다. 우려낸 침을 뱉으며 일없이 취사장 앞을 어슬렁거렸다. 아내가 면회를 하고 가면서 던진 말이 내 발치에 툭툭 차였다. 빨갛게 루주를 칠한 입술을 달싹이던 아내.

임신이래……. 하나님은 우리를 버리지 않았나봐.

아내는 내가 무정자란 사실을 모르고 있는 걸까. 아이를 무척이나 갖고 싶어한 아내였다. 결혼 후에도 오랫동안 소식이 없자, 아내는 기회 있을 때마다 내 등을 떠밀어 병원으로 보내곤 했다. 그때마다 나는 벼락같이 화를 냈다. 그 후로 아내는 아이 얘기를 꺼내지 않았다. 오히려 아이 없는 것을 홀가분해 하는 것 같았다. 가게에 조무래기들이 몰려오면 얼굴을 찌푸리고 바닥에 음식물을 흘릴까 연신 눈치를 줬으니까. 어쩌면 아내는 내가 벼락같이 화를 낼수록 아이에 대한 집착을 배추 속처럼 켜켜이 안으로 채웠던 게 아닐까. 나는 아내 모르게 병원을 찾았다. 의사는 직업을 물었다. 오랫동안 불 가까이에서 일을 하면 정자가 죽는다며 조심스럽게 말했다. 그 말을 듣는 순간 내 속의 내장을 모조리 태울 듯 격렬한 불꽃이 일었다. 포경선을 타지 못하게 된 뒤부터 닥치는 대로 떠돌아다닌 시간들이 불꽃 속으로 하나씩 던져졌다. 영양탕집, 중국집, 삼계탕집, 설렁탕집, 만두집.

"어, 왜 그래요?"

점심을 먹고 나온 365번이 놀란 눈으로 뛰어온다. 바닥에 떨어진 핏방울이 꽤 넓게 번져 있다. 나는 감싸쥐었던 오른손을 펴본다. 지혈이 된 왼쪽 집게손가락이 허옇게 속살을 드러내고 있다. 생각보다 깊게 베인 것 같다.

취사장에서 의무실로 가는 복도는 길다. 나는 담당 앞에서 서툴게 걷는다. 의무실은 처음 가는 곳이다. 눅눅한 냄새가 난다. 벽마다 붙어 있는 이상한 그림들은 마치 형장으로 끌려가는 기분이 들게 한다. 손이 닿지 않은 벽엔 거미줄이 얼기설기 처져 있고, 지렁이가 기어가듯 여기 저기 금이 가 있다. 눈을 복도 창문 밖으로 돌린다. 넓은 운동장이 보인다. 가을볕이 축구를 하는 사내들 몸에 튀고 있다. 운동장 가장자리에는 붉은 사루비아와 노란 국화가 피어, 내 눈을 시리게 한다. 벽과 창 사이로 난 복도의 거리는 1미터도 안 되는 것 같은데 사뭇 다른 느낌이다. 삶이란 게 이런 것일까. 밝음과 어둠이 공존하는 인생. 감옥에서도 밝음은 존재한다. 그 생각을 하자 나도 모르게 헛웃음이 새어나온다.

내 삶에 빛이 있던 시절이 있었나. 국제포경위원회에서 상업포경을 금지시키기 전까지는 그래도 모든 것이 괜찮은 편이었다. 학교 졸업만 하면 포경선에 오를 꿈에 젖어 있던 때이기도 했다. 종종 여름방학 때면 아버지를 따라 포경선에 올랐는데, 그 일은 아직도 생생하게 내 안에 살아 있다. 포경선 톱에 올라앉아 있길 얼마나 좋아했던가. 드넓은 바다를 물끄러미 바라보고 있으면 내 몸은 단단하고 매끈한 한 마리의 고래가 되는 착각에 빠지곤 했다. 나는 고래가 먹이를 찾거나 서로 간의 의사를 전달하기 위해 내는 소리와 흥에 겨워 노래하는 소리를 정확히 구분할 줄 알았다. 멸치 떼를 몰아 양껏 배를 채운 뒤 대왕고래가 부르는 노랫소리는 내 가슴을 얼마나 뜨겁게 했던가.

나는 갓 잡아온 생선을 어른들 몰래 슬쩍슬쩍 하는 또래아이들 축에 아예 끼지 않았다. 이른 봄부터 늦가을까지는 바위에 앉아 있는 게 일이었다. 따뜻한 바닷물을 찾아오는 고래를 보기 위해 학교를 빼먹는 일도 많았다. 고래잡이와 해체업을 함께했던 아버지를 사람들은 자주 찾아왔다. 잡은 고래를 어떻게 할 엄두를 못 냈기 때문이었다. 창고에 걸어둔 망치, 도끼, 삽, 톱, 긴칼, 작은칼, 접이칼 따위의 연장을 커다란 자루에 넣고 골목을 나서는 아버지 모습은 대왕고래만큼이나 거대해 보였다. 선착장에 엎드려 있는 고래는 언제나 나를 흥분하게 만들었다. 돌고래는 몸집이 작지만 밍크고래는 코끼리만 했다. 아버지는 밍크고래를 반나절 만에 조각냈다. 고래의 목에서 피를 빼내는 일을 제일 먼저 했다. 고래가 상하는 것을 방지하기 위해서였다. 이어 머리, 지느러미, 등, 갈비, 내장 순서로 아버지는 정확하게 칼질을 했다. 뼈와 뼈마디, 내장의 구조를 환히 들여다보는 듯했다. 고래의 귀를 자를 때는 칼날뿐만 아니라 도끼날까지 부러졌다. 아버지의 칼날에 갈라지던 고래의 뱃가죽은 질기고 깊었다. 표피에 덮인 지육과 그 밑에 밝은 적색을 띤 근육질, 더 깊숙한 곳에다 칼을 박아넣어야 비로소 내장이 드러났다.

"옆으로 틀어."

고래 생각에 빠져 있던 나는 담당의 차가운 목소리에 흠칫 놀란다. 발을 멈추자 복도의 맨 끝이다. 휙, 한 줄기 바람이 복도를 훑는다. 의료실 문을 열자 역한 냄새가 밀려나온다. 씻지 않은 발 냄새, 팬티에 묻어 있을 정액 냄새, 충치에서 풍겨지는 입 냄새…… 역겹게 뒤섞인 냄새가 좁은 의료실 안을 떠돌고 있다. 박박머리, 말총머리, 베컴머리, 올백머리……. 내 눈에는 사내들의 머리 모양만 보인다. 나는 꾀병환자들이란 것을 금방 눈치챈다. 일이 하기 싫거나 방에 있는 것이 지루하면 사내들은 곧잘 아프다는 핑계를 댔다. 365번은 수시로 이런 수작을 부렸으니까. 나는 갑자기 쓸어버리고 싶다, 는 격렬한 충동에 사로잡힌다. 뜨거운 것이 목구멍으로 치솟는 것 같다.

쓰레기들!

'쓰레기만두'는 아내가 꾸민 사건이란 것을 나는 감옥에 들어와서야 알았다. 아내는 만두속으로 사용한 호박과 단무지가 비싸다며 늘 나를 타박했다. 단무지 자투리와 먹을 만한 호박이 버려져 있는 곳을 알려준 것도 아내였다. 버려진 자루들을 오토바이에 싣고 와 밤새 다듬을 때도 아내는 오히려 버린 사람들을 욕하지 않았던가.

이렇게 멀쩡한 것을 왜 버려. 죄 받지, 죄 받아. 오, 주여!

구속된 후 나는 단무지와 호박은 쓰레기가 아니었다, 고 계속 검사에게 목청을 높였다. 하지만 조사계장은 공소장에 무인을 찍으라고 강요했다. 나는 서류를 찢어버렸다. 그러자 옆에서 보고 있던 검사가 내 어깨를 찍어누르며 낮게 씹어뱉었다.

오죽했으면 네 마누라가 찔렀을까.

그 말은 내 머릿속을 하얗게 만들어버렸다. 다그치는 검사의 온갖 말들이 하나도 귀에 들어오지 않았다. 결국 나는 항소를 포기했고 재판은 두 달 만에 끝나버렸다. 모든 것이 부질없어 보였다. 버성긴 마음 때문인지 나는 한동안 환청에 시달렸다. 조그마한 소리에도 깜짝깜짝 놀라곤 했다. 내 귀로 들어오는 모든 소리가 고래의 노랫소리로 들렸다.

'공중보건의'란 글씨가 가슴에 붙은, 흰 가운을 입은 의사는 내 손을 찬찬히 살피더니 바늘을 꺼낸다. 부글부글, 소독 솜을 문지르자 파도의 포말 같은 거품이 잔뜩 인다. 마취도 하지 않은 손가락에 바늘이 듬성 듬성 지나간다. 그때마다 나는 눈을 질끈 감고 어금니를 꾹 깨문다. 충분히 참을 만한 고통이라고 생각한다. 그 고통은 목구멍을 타고 올라오던 뜨거운 것을 잠재운다. 얼마쯤 지난 뒤, 의사가 내 어깨를 툭 친다. 눈을 뜨자 내 손가락이 바느질을 당한 것처럼 삐뚤삐뚤하게 꿰매져 있다. 손가락을 눈앞에 대고 잠시 들여다보다 자리에서 일어난다. 의자의 삐걱이는 소리가 의외로 날카롭다.

"저 새끼, 뭐야. 좆만 한 놈이 눈에 힘을 주고 지랄이야."

천천히 문을 열고 나가는 내 뒤통수에 대고 사내들은 으르렁거린다.

"실밥 풀 때까지 방에 가서 좀 쉬지."

"요, 정도 가지고……."

담당의 말에 내가 막무가내로 고집을 부리자 그도 더 이상은 권하지 않는다. 취사장 안은 깔끔하게 정리되어 있다. 사내들은 벌써 저녁 준비를 해놓고 운동을 하고 있다. 취사장 앞에서 족구를 하는 게 보인다. 운동시간은 30분이다. 취사부들은 운동시간이 길어질 수도 있다. 오늘같이 일이 바쁘지 않을 때만 그렇다. 닭도리탕을 만들어둔 솥뚜껑을 연다. 매운 냄새 때문에 기침이 난다. 고추장과 고춧가루를 너무 많이 넣은 탓이다. 내가 없으면 항상 반찬이 이 모양이다. 통으로 넣은 감자를 젓가락으로 찌르자 깊숙이 박힌다. 한번 뒤적이고 양파를 더 넣어야 매운맛이 덜할 거라는 생각이 들자 찌릿한 통증이 왼손 집게손가락을 타고 올라온다. 나는 앞뜰을 바라본다. 와! 죽여, 쳐내, 옳지, 서로의 편을 응원하는 사내들은 놀이에 흠뻑 빠져 있다. 하는 수 없다는 생각으로 나는 고무장갑을 낀다. 도구함을 열고 가지런하게 놓여 있는 칼 하나를 집어든다. 탁, 도구함을 닫는 순간 어쩐지 허전한 느낌이 든다. 족구를 구경하고 있던 담당이 급하게 손짓을 해댄다.

"접견, 가."

마침 운동시간이 끝났는지 담당은 사내들을 몰고 취사장 안으로 들어온다. 나는 양파를 까서 썰어넣으라고 사내들에게 지시한 다음 접견장으로 간다.

한 평 정도의 접견장 안에 몸을 구겨넣고 접견 신청인을 기다린다. 협소한 공간에 반찬 냄새가 진동한다. 내 옷에서 나는 냄새. 면회객이 들어오기까지 고작 일이 분의 시간이 걸릴 뿐인데 그것도 길고 지루하게 느껴진다. 문을 열고 들어오는 사람들은 대개 상가번영회 소속의 이웃들이다. 아내일지도 모른다는 기대감이 허물어지는 순간이다. 임신 사실을 알린 뒤부터 아내는 한번도 면회를 오지 않았다. 하루에 한 번씩 면회할 수 있는 미결 때엔 속옷도 넣어주고 가끔 영치금도 넣어주었다. 징역형을 받게 된 뒤론 한 달에 다섯 번 면회할 수 있는데, 아내는 몇 번을 채웠던가. 손으로 계산하는 사이 누군가 조심스럽게 문을 열고 안으로 들어온다. 아, 나는 너무 놀라 두 눈을 한껏 치뜨며 입을 벌린다. 하지만 치밀어오르는 감정을 가까스로 억누르고 엉거주춤 자리에서 일어난다.

"고생이 많습니다. 집사님이 몸이 많이 좋지 않아 저 혼자 왔습니다."

몇 달 사이 머리카락이 더 빠진 듯 정수리 부분이 유난히 반들거린다. 하지만 대머리는 한껏 품위를 유지하려 애쓰는 것 같다. 손에 든 성경을 만지작거리며 낮은 목소리로 천천히 말한다.

"저……, 먼저 고맙다는 말씀을 드리겠습니다."

"뭐가 고맙다는 거요?"

나는 차갑게 묻는다.

"가겟집을 교회 부지로 편입시켜 주셔서……. 뭐라 감사를 드려야 할지."

"예?"

아내가 동굴교회에 광명을 주고 싶다고 입버릇처럼 말하던 기억이 떠오른다.

"집사님은 주님 안에서 믿음으로 승리하신 분입니다. 하나님 말씀대로 사시는 분이지요."

"이 개새끼!"

꿰맨 손가락의 실밥이 우두둑 터져버리는 것 같다. 십일조 헌금이라며 금고 속의 돈을 빼가고, 나를 감옥으로 보내고, 그것도 모자라 집까지 받쳐? 아내는 정상이 아니다. 더군다나 임신까지……. 눈에 힘을 주고 대머리를 노려본다. 거북해진 대머리는 내 시선을 피한다. 우리에 갇힌 사자처럼 차오르는 숨을 억누르지 못한 나는 주먹을 쥐고 아크릴판을 후려친다. 찌직, 금이 간다. 실금이 간 아크릴판 너머의 대머리는 두려움에 사로잡힌 눈알을 굴리며 연신 주여, 주여, 할 뿐이다. 담당에게 끌려나온 나는 곧바로 방으로 입실된다.

잠을 이룰 수가 없다. 나는 계속 몸을 뒤척인다. 고단한 노동으로 사내들은 취침 음악이 흘러나오자마자 코를 곯았다. 코고는 소리가 내 신경을 곤두서게 한다. 옆에 자던 365번이 몸부림을 치자 휙 모포가 걷힌다. 모로 누운 365번의 미끈한 팔이 드러난다. 팔에 그려진 장검이 형광등 불빛에 빛을 발하는 것 같다. 어깨뼈에서부터 팔목까지 새겨진 칼은 매끈하면서도 날카롭게 보인다. 나는 녀석의 문신에 손을 대본다. 따뜻한 체온이 내 손끝을 타고 오른다. 칼끝에서부터 버린 선을 따라 어깨, 팔꿈치, 팔목으로 더듬자 녀석은 간지러운 듯 벅벅 긁어댄다. 나는 계속 365번의 팔을 더듬는다. 멀리 고양이 울음소리가 희미하게 들린다. 바람이 부는지 후드득, 나뭇잎 떨어지는 소리가 아련히 들린다. 나는 긴 칼을 쥐고 방문을 소리나지 않게 연다. 내 침대에 대머리가 발가벗고 앉아 있다. 반들거리는 정수리와 개기름이 흐르는 목덜미를 지나 바가지를 엎어놓은 듯한 배를 훑던 나는 눈을 홉뜬다. 배꼽 밑으로 뭔가 꿈틀꿈틀 자라고 있다. 대머리의 성기다. 그것은 고래의 생식기 같다. 번식기 때만 잠깐 나오는 고래의 생식기는 2미터나 된다. 대머리는 자신의 성기를 점점 키우며 아내의 잠옷을 벗겨내고 있다. 풍만한 아내의 가슴을 대머리는 아기처럼 빤다. 나는 손에 든 칼로 대머리의 성기를 자른다. 성기는 자르면 자를수록 더 길어진다. 나는 이리저리 칼을 마구 휘둘러댄다.

"정신차려요."

365번의 날카로운 목소리에 놀라 잠에서 깨어난다. 목덜미가 끈적거린다. 갈증이 인다. 눈치 빠른 365번은 창틀에 놓아둔 물병을 꺼내와 내 앞에 내민다. 벌컥거리며 물을 들이켠 뒤 녀석의 팔뚝에 새겨진 장검을 주시한다.

"하고 싶은가봐. 해드릴까?"

"여기서도 할 수 있냐?"

"제가 누구입니까. 어디서는 못하겠슈. 내 꿈이 일류 타투아티스트

아닙니까."

365번은 은밀한 눈빛을 내게 보내며 다시 이불 속으로 든다. 소염제를 먹고 잤는데도 면회하면서 무리를 한 탓인지 왼손검지가 욱신거린다. 통증은 가슴으로 몰려드는 것 같다. 내게 남아 있는 것은 무엇인가. 작살에 찍힌 고래가 된 것 같다. 드넓은 대양으로 돌아가지 못하고 그물에 걸려 갈가리 찢기는 식용 고래 한 마리……. 철창 밖은 아직 캄캄하다. 나는 가슴을 쓸어내리며 모포를 머리끝까지 끌어올린다.

"칼을 찾아라!"

기상 음악소리도 들리지 않았는데 담당은 질린 목소리로 소리친다. 선잠이 들었던 나는 벌떡 일어난다. 칼이 없어졌다니! 어제 대머리 면회로 도구함을 확인하지 않은 것이 이제야 생각난다. 큰일이다. 사내들은 눈을 비비며 취사장으로 향한다. 달려온 제복들이 방안을 샅샅이 뒤질 것이다. 사내들은 어제 버린 쓰레기자루를 뒤집어엎는다. 잘려진 닭대가리와 비곗덩어리가 역한 냄새를 풍긴다. 코를 싸쥔 사내들은 사나운 욕설을 퍼부어대며 잔반을 주물럭거린다. 나는 보일러실 안과 밥솥 국솥의 틈새며 싱크대 서랍 속 구석구석을 뒤진다. 칼을 찾지 못하면 나는 징벌을 받을 것이다. 그렇게 되면 취사장에서도 일을 할 수 없게 된다. 이제까지 성실하게 채워놓은 점수도 깡그리 없어질 것이다. 그러면 세상으로 나갈 수 있는 시간은 점점 멀어지게 된다. 영영 바다로 돌아가지 못할지도 모른다. 이런저런 생각을 하니 마음이 다급해진다. 도구함을 열고 있는 담당 옆으로 간다. 입장이 곤란해지기는 담당도 마찬가지일 것이다. 뭉툭하게 잘린 아홉 개의 칼과 가위 한 개가 나란히 누워 있다. 이가 빠진 듯 가운데 자리가 비어 있다. 분명 어제 내 손가락을 베었던 그 칼이 없다. 내가 얼마나 날카롭게 갈아놓았던가. 신새벽, 교도소 전체가 발칵 뒤집어진다.

　무서리가 내린 뒤, 취사장 앞뜰은 이를 데 없이 스산한 풍경이다. 고 래잡이가 금지된 뒤의 장생포 항구를 보는 듯하다. 잎을 다 떨군 감나 무엔 붉은 감만 대롱거린다. 장미 넝쿨엔 빳빳한 가시가 세상을 향해 날을 세우고 있는 것 같다. 리어카 가득 부식을 싣고온 사내들은 휘파 람을 불며 금방 창고에 부려놓고 간다. 나는 팔짱을 끼고 그들을 지켜 본다. 때에 전 수인복 바지주머니에 불룩하게 들어 있는 것이 무엇인지 를 나는 안다. 사내들은 취사부들이 말려놓은 고구마 줄기를 가져가고 있다. 365번은 장미 넝쿨을 지나 부식창고를 기웃거리며 내게 의미 있 는 웃음을 보낸다. 나는 열 개의 칼과 한 개의 가위를 확인한 다음 도구 함을 닫는다. 실밥을 뺀 집게손가락은 희끗희끗 바늘자국이 나 있다. 찬바람이 취사장 안으로 불어온다. 손이 시리다. 감옥생활에 익숙해진 터라 이제는 높다란 회벽 너머의 포플러가 낯설게 느껴진다.

　칼은 끝내 발견되지 않았다. 그러나 나는 징벌을 받지 않았다. 담당 은 문책을 당했는지 그 후 새로운 담당이 왔다. 그동안 성실히 수용생 활을 했고, 무엇보다 천 명의 수용자들을 위해 조리할 수 있는 수용자 가 없기 때문이다, 라고 징벌위원회가 나에게 통보한 내용을 읊조리며 나는 방으로 들어간다.

　365번이 조심스럽게 나를 깨운다. 깊은 밤이다. 내 배 위에 얼른 올라탄 녀석은 천천히 볼펜으로 그림을 그린다. 명치께에 고래를 그리고 있다. 볼펜 끝이 연신 간지럼을 태운다. 녀석의 입김이 내 콧속으로 파고든다. 텁텁하고 구린 냄새다. 어느 순간 나는 깜짝 놀란다. 인중의 털을 뽑아내는 듯한 통증 때문이다. 따끔거리는 통증은 손발에 힘을 주게 만든다. 녀석은 주머니 속에 숨겨온 장미가시와 먹물통을 내 머리맡에 놓고 작업을 시작한다. 담당 책상 위에 있던 먹물통을 슬쩍한 것 같다. 볼펜의 선을 따라 장미가시로 상처를 내는 듯하다. 녀석은 잠깐 몸을 일으켜 세우더니 자신의 의류대를 가지고 온다. 의류대는 소지품을 넣어두는 검은 자루다. 속옷들 사이에서 묵직한 것을 들어올린다. 가슴이 뛴다. 녀석의 손에 잡힌 칼이 형광등 불빛에 번쩍 빛을 발한다. 칼끝이 살아 있는 것으로 미루어 도구함에서 사라진 그것이 분명하다.

"놀라지 마셈. 양잿물이 들어 있던 항아리 밑바닥에 숨겨놓았어요. 타투 일인자가 되려면 좆나게 실습해야죠. 칼끝을 날카롭게 가는 데 얼마나 공을 들였는지 몰라요. 장미가시로는 선명한 선을 몸에 새겨넣을 수가 없거든요."

녀석은 신념에 찬 어조로 조용하면서도 힘 있게 속삭인다. 나는 심호흡을 하며 눈을 감는다. 장미가시가 땀을 뜬 자리에 칼날이 지나가는 듯하다. 선명한 선을 그리는 게 느껴진다. 상처 속으로 먹물이 스며들면 고래는 영원히 내 소유가 될 것이다. 내가 죽는 날까지 나와 생사고락을 함께할 고래가 탄생하는 것이다. 나를 떠나지 않고, 나를 배신하지 않을 작은 고래 한 마리. □

손

손

냉동고에서 꺼낸 노인의 주검은 잠을 자고 있는 듯 편안해 보인다. 사망진단서에 뇌졸중이라 쓴 것을 보지 않아도 조용히 잠을 자다 숨을 거두었단 것을 나는 단박에 알아차린다. 얼굴의 실핏줄이 터지거나 팬티에 똥을 묻힌 따위의 흔적을 찾을 수 없다. 넘어가는 숨을 잡으려 안달하지 않았다는 뜻이다. 노인들이 가장 부러워하는 죽음이다. 임종 후 몸이 굳기 전에 입힌 수세 옷도 깨끗하다. 모처럼 손맛을 느낄 수 있겠단 생각이 든다.

그동안 지점장이 건네준 시신은 대부분 온전치 못했다. 팔다리가 잘리거나 목뼈가 부러졌거나 잔뜩 물에 부푼 시신들이었다. 사람이라기보다 사무실 집기에 가까웠다. 나는 그런 시신들 앞에선 곧바로 작업을 할 수 없었다. 엉망인 시신을 내려다보며 한참을 이리저리 구상을 하곤 했다. 잔뜩 머리로 그럴 듯한 포장 방법을 그렸으나 막상 시신을 만지면 손이 엇나가기 일쑤였다. 그도 그럴 것이 비닐장갑을 낀 손은 감각이 떨어질 수밖에 없었다. 그렇다고 맨손으로 덥석 덤벼들 수도 없는 노릇이었다. 급냉된 시신이 더운 공기와 만나면서 흘러내린 진물과 피고름. 진득한 이물질이 독소를 뿜어내며 손에 감겨들 때의 기억은 끔찍했다. 바늘 끝으로 쑤시는 듯한 통증과 함께 빨갛게 부풀어오른 손은 고무풍선 같았다. 급기야는 크고 작은 수포까지 생겨 몇 며칠 병원을 들락거려야 했다. 그렇게 앓고 난 손은 고철덩어리 같았다. 고철덩어리에게 손님을 맡기진 않았다. 장갑을 낀 염습시간은 당연히 길어졌다. 대체 요즘 이 과장 왜 그러는 거야. 일을 할 때 사이보그가 되라구. 전설의 손은 어디로 간 거야. 그렇게 느려 터지면 우리 지점이 꼴찌라고. 이번 성과금은 날아간 줄 알아.

길어진 염습시간을 돈으로 환산하는 지점장의 목소리가 들리는 듯하다. 나는 지그시 눈을 감는다. 그리고 손을 노인의 얼굴에 댄다. 천천히 어지러운 생각들을 하나씩 비워낸다. 회사에서 자꾸만 바닥을 치는 실적과 무뎌지는 손 감각, 어젯밤 채팅에서 만난 여자의 수다, 흔적 없이 사라지고 싶은 마음, 그리고 아내.

아내를 비워내기엔 너무 버겁다. 대신 가슴 밑바닥에 조용히 가라앉힌다. 무념무상의 상태다. 발끝에서부터 서서히 찌릿한 기운이 인다. 지글지글 뜨거운 기운이 핏줄을 타고 손으로 몰린다. 시신과 내가 일체가 되는 순간이다. 이것은 나만의 의식이다. 희미한 울음소리가 귓가로 속삭이듯 들린다. 커다란 유리창 너머에서 이쪽을 바라보는 자식들의 울음소리인 것 같다. 노인의 몸에서 빠져나간 영혼이 섭섭해하지 않을 만큼의 울음소리다. 울음소리에도 손은 예민하게 반응한다. 지나치게 울음소리가 크면 실수를 하기 십상이다. 손발을 감싸는 습신을 신기지 않거나 천둥번개가 쳐도 시신의 움직임이 없도록 관 안에 동서로 놓는 혼백함인 운아를 빼먹을 때도 있다. 대부분 고객이 알아차릴 수 없는 실수이긴 하지만 지점장이 알면 근무평점 최하위 점수를 줄 일이다. 전혀 울음소리가 들리지 않을 때도 마찬가지의 실수를 저지르곤 한다. 그런 의미에서 오늘은 드물게 운이 좋은 날이다.

손끝의 열기가 식기 전에 모든 것을 마무리지어야 한다. 손놀림은 정확하고 빠르다. 2인 1조로 염습을 하지만 나는 혼자하기를 고집한다. 호흡이 맞지 않으면 오히려 일을 더디게 하기 때문이다. 아직 내 호흡을 맞출 만큼의 장례 플래너는 없다고 생각한다. 아니, 그렇게 생각하고 싶다.

딱딱하게 굳은 노인의 몸은 물건이나 다름없다. 나는 염습을 포장이라 여긴다. 완벽한 포장은 나의 작품이 된다. 특히 오늘같이 최상품의 향나무관 포장을 맡을 때는 더욱 그렇다. 나무뿌리나 뱀, 벌레 따위들이 침투하지 못하게 짙은 향 냄새를 뿜어내는 관은 내 발치에 있다. '날아라 상조'란 글씨가 새겨진 흰 가운 자락이 관을 스칠 때마다 향 냄새가 코끝을 간질인다. 시신의 손톱과 발톱을 자르고 삼베옷을 입히기 위해 굳은 손목과 어깨를 꺾는다. 우두둑, 뼈 꺾이는 소리가 울음소리와 섞인다. 가지런하게 머리를 빗기고 알코올로 깨끗하게 닦아둔 얼굴에 스킨과 로션을 발라준다. 조심스럽게 턱을 약간 밑으로 젖히자 꼭 다문 입이 벌어진다. 십 원짜리 동전을 혓바닥 위에 올린다. 저승의 강을 건널 때 뱃사공 카론에게 줄 뱃삯이다. 이물질이 흘러내리지 않도록 입과 코, 귀에 솜을 틀어막는다. 마지막으로 멧배를 한다. 시신의 몸체가 움직이지 않게 뼈마디마다 일곱 가닥으로 묶을 때 손이 바르르 떨리는 것을 느낀다.

허리를 펴고 영안실 벽에 붙은 시계를 본다. 2시간이나 흘렀다는 사실에 맥이 빠진다. 20분 안에 염습을 끝냈던 최고의 내 기록에서 멀어도 한참 먼 시간이다. 이마에서 흘러내린 땀방울이 향나무관 뚜껑에 뚝 떨어진다. 극심한 손의 피로감을 느낀다. 아내가 사라진 뒤로 생긴 현상이다. 나는 깊은 숨을 내쉰다.

입관을 이렇게 늦게하면 어떻게 해. 문상객들에게 이런 결례가 어딨어. 에이, 진작 상조회사를 바꿀 걸.

굴건제복을 입은 상주가 입관을 마치고 나오는 내게 삿대질을 하며 소리친다. 내가 손을 움켜쥐고 멍하게 상주의 얼굴을 바라볼 때 음식 냄새가 코를 찌른다. 식당 쪽에서 풍겨오는 냄새는 손에서 나는 포르말린 냄새와 섞여 속을 울렁거리게 한다. 어제 사무실에서 울렁거렸던 속이 다시 뒤집어지는 것 같다.

복지사가 상담을 성공시켰을 때 사무실은 축제 분위기였다. 대어를 낚았다고, 손님이 중소기업 사장이라며 마치 고래라도 잡은 듯 모두들 손뼉을 쳤다. 일주일 동안 일거리가 없었던 터라 기분은 한껏 달아올랐다. 더욱이 뭉칫돈을 뿌릴 게 틀림없는 상갓집이지 않던가. 나는 축제에 따돌림 당한 사람마냥 울렁이는 배를 움켜잡고 화장실로 달려갔다.

울렁이는 속을 달래려 호흡조절을 한다. 문상객들이 봇물처럼 밀려들고 있다. 갑자기 머리칼을 올백으로 넘긴 사내들이 나를 밀치고 영안실로 들어간다. 사내들의 등판에 붙어 있는 '웰다이 상조'란 글자를 물끄러미 바라본다. 상조회사에서 가장 꺼리는 일이다. 함께 장례예식장에 설쳐대면 서로 비교될 수밖에 없기 때문이다. 과장된 울음소리가 영안실 복도를 울린다. 정갈한 시신과 달리 산만한 장례라고 나는 중얼거린다.

이봐, 오늘이 얼마나 중요한 날인 줄 몰라. 자네한테 맡긴 내가 잘못이지. 쯧쯧. 이러다 지방으로 전출 당할지도 몰라.

빈소에 있던 지점장이 어느새 온 걸까. 내 귀에 바짝 댄 지점장의 입술이 유난히 차갑게 느껴진다. 새로운 상조회사들이 우후죽순으로 생겨나자 본사에선 날마다 지점장들을 볶아대는 듯하다. 사무실 벽에 부착된 커다란 전광판에서 자유로울 직원들은 아무도 없을 것이다. 삼일장이 끝나는 내일이면 우리 지점의 붉은 숫자도 하나 올라갈까. 붉은 숫자는 저승으로 보낸 사람의 숫자를 의미하지만 어쩐지 괴물처럼 보인다. 아파트 붕괴나 지하철 충돌 따위의 대형사고로 사람들이 떼로 죽기를 바라는 괴물.

*

아내는 내 손을 카론이라 했다. 저승의 강을 건너지 못해 헤매는 혼들을 배에 실어 나르는 뱃사공 카론. 아내가 처음 그리스로마신화에 나오는 카론의 얘기를 들려줄 때 나는 막 백혈병으로 죽은 남자아이의 염습을 하고 나왔었다. 친구 소개팅으로 만난 자리였다. 한마디로 선을 본 것이다. 내 직업을 알고 선뜻 결혼 상대로 나서는 여자는 없었던 터라 나는 기대도 하지 않았다. 약속시간이 한 시간이나 지나고 있었으니 더욱 그랬다. 놀랍게도 아내는 커다란 눈망울을 굴리며 반갑게 웃었다. 붉은 잇몸이 스타벅스 테이블 등빛에 유난히 반짝였다. 숫기가 없던 나는 무슨 말을 해야 할지 몰라 애를 먹었다. 이리저리 머릿속을 뒤적이다 결국 백혈병으로 죽은 아이 얘기를 꺼내고 말았다. 나무젓가락 같은 아이의 몸을 솜으로 닦고 예쁘게 옷을 입혔다고 말하자 아내는 덥석 내 손을 잡았다. 그리곤 유심히 손을 살폈다.

카론, 신의 손!

촉촉한 입술 사이로 나오는 목소리에서 나는 확신을 했다. 내 여자가 될 수 있겠다고.

카론은 내 닉네임이다. 문득 아내가 이 사실을 알면 어떤 표정을 지을까란 생각이 든다. 오늘 산 여자는 아직 덜 익은 애다. 채팅에서 나이를 속인 것 같다.

어젯밤 늦게 컴퓨터를 켜고 채팅에 접속했을 때 딸기방엔 여자들이 몇 명 없었다. 닉네임을 보면 대부분 여자인지 남자인지 알 수 있는데 데드메신저란 이름에서는 좀 헷갈렸다. 죽음을 전하는 사람. 데드메신저란 조잡한 영어의 조합에 픽 웃음이 났다. 그러면서도 카론의 역할과 별반 차이 없다는 동질감을 느꼈기 때문일까. 나는 선뜻 작업을 걸고 말았다.

데드메신저는 작은 키에 여드름이 잔뜩 난 얼굴로 나를 말똥말똥 쳐다본다. 전혀 어울리지 않는 닉네임이다고 나는 생각한다. 아이는 당돌하게 따라오라는 몸짓을 하며 앞서간다. 나는 아이를 물끄러미 쳐다보다 못이기는 척 따라간다. 성숙한 몸보다 조금 덜 익은 상태가 오히려 손의 감각을 살려내기에 더 좋을지도 모른단 생각을 한다. 깊숙이 손을 찌른 바지주머니 속 손가락 마디들이 발을 뗄 때마다 허벅지를 둔탁하게 두드린다. 많이 둔해진 손이다. 지하철 입구에서 만날 때부터 껌을 질겅거리던 아이는 모텔 입구에서도 딱딱 소리를 낸다.

껌 뱉고 들어가지.

아이는 내 말을 씹는다. 더 요란하게 딱딱 소리를 내며 모텔 안으로 들어간다. 다른 여자들처럼 굴지 않아 그나마 다행이란 생각이 든다. 여자들은 카운터에 돈을 낼 때도 옆에 달라붙어 있고 방을 찾아갈 때에도 계속 애인처럼 굴어 성가시었다. 쉬고 갈 거냐 자고 갈 거냐고 모텔 주인은 아무런 감정도 싣지 않고 묻는다. 나는 기계적으로 오만 원을 내민다. 쉬고 가는 금액이다.

방에 들어와서도 아이는 더 빠른 템포로 딱딱 껌소리를 낸다. 머리가 어지럽다. 신경이 점점 날카로워지는 것 같다. 산만하면 집중을 할 수가 없다.

제발… 그, 그걸… 뱉을 수 없겠니?

심하게 말이 더듬어진다. 신경이 곤두서면 나오는 증상이다.

캬캬, 아저씨 반병신이구나. 알았어. 껌 뱉을 테니 돈부터 주시지.

아이는 껌을 휴지에 싸지도 않고 후, 하고 쓰레기통으로 뱉는다. 그리곤 불쑥 손을 내민다. 나는 지갑을 뒤져 오만 원권 지폐 두 장을 쥐어준다.

에게, 아저씨 지금 장난하서? 씨발. 내가 확 불면 어떻게 되는지 알지. 미성년자 성매매.

나는 담배를 하나 물고 나서 다시 오만 원을 더 얹어준다. 다른 여자들은 십만 원이면 세다고 고마워하기까지 했는데 조금 아까운 생각이 든다. 영계가 비싸다고 한 지점장의 말을 떠올리며 씩 웃는다. 아이도 만족한 듯 입꼬리를 당기며 옷을 벗는다. 바나나처럼 벗겨지는 아이의 알몸을 물끄러미 바라보다 뒤돌아선다. 샤워기 물소리가 들리고 가볍게 침대 스프링이 튀는 소리를 들으며 어둠이 깔리는 도시를 내려다본다. 쉴 새 없이 달리는 자동차의 전조등이 켜지고 하나둘 밝혀지는 네온사인. 도시의 밤은 낮보다 점점 더 밝아지고 있다. 거대한 디스토피아의 세계를 내려다보는 것 같다.

침대에 삐딱하게 몸을 기대고 누워 있는 아이는 생각보다 몸이 영글어 있다. 봉긋하게 나온 젖가슴이며 허리 라인도 어느 정도 살아 있다. 꼰 다리 사이로 새카만 머리카락 같은 거웃도 보인다. 나는 군침을 삼키며 오래도록 손을 씻는다.

반듯하게 누워봐.

이제 안정을 찾은 듯 낮고 굵은 목소리가 방안을 울린다. 아이는 눈살을 찌푸리면서도 고분고분 말을 듣는다. 돈 받은 만큼 일을 한다는 표정이다. 그리곤 질끈 눈을 감는다. 굳이 얼굴에 수건을 덮지 않아도 될 것 같아 다행이란 생각이 든다. 낯선 눈은 감정몰입에 방해가 되기 때문이다. 며칠 전에 산 여자는 수건을 덮자 자신을 해치는 줄 알고 기겁을 하며 돈도 내팽개치고 도망가버렸다.

피아노를 치듯 두 손을 가슴 높이만큼 올린다. 무릎걸음으로 더 바짝 아이 몸 가까이 간다. 삐걱이는 침대 소리가 잠잠해질 때를 기다린다. 방음장치가 잘 돼 있는 모텔은 집중하기 좋다. 아이의 숨소리와 내 숨소리가 손으로 모아진다. 나는 천천히 아이의 가느다란 목에 손끝을 댄다. 킥킥, 간지러운 듯 아이는 몸을 비틀며 웃는다. 쉿! 짧고 엄한 내 목소리에 아이는 더 이상 움직이지 않는다. 오돌오돌 소름이 돋고 있는 살갗에 손끝을 스치자 봉긋한 젖가슴에서 유두가 돌출된다. 살살 손바닥으로 문지른다. 유두는 앵두마냥 붉어진다. 태양빛에 농익은 과즙을 힘껏 입으로 빨듯 유두를 움켜쥔다. 순간 아이의 비명이 잘못 두드린 건반처럼 튀어나온다. 재빠르게 허리선으로 손을 옮긴다. 아이는 금세 낮은 숨소리를 낸다. 이제 손은 배꼽 주위로 돈다. 조금 손끝에 힘을 준다. 출렁 뱃살이 움직인다. 물에 뜬 배가 출렁이는 물살에 중심을 잡지 못하듯 손은 아래로 떨어지고 만다. 보드라운 털이 떨어진 손을 감싼다. 성숙한 여자들보다 거웃이 탐스럽다. 아이의 허벅지가 바르르 떨고 있다. 떨고 있는 살갗은 더없이 손의 감각을 살린다. 갑자기 아이가 다리를 벌린다. 거웃에 번진 촉촉한 물기가 불빛에 반짝인다. 그것을 보자 내 아래가 뻣뻣하게 일어서는 것 같아 조금 놀란다. 아내에게는 일어나지 않던 현상이기 때문이다. 머리통을 가랑이 깊숙이 밀어넣고 뜨거운 입김을 분다. 손을 내밀어 물기를 만져보려 할 때 아이가 내 손을 낚아챈다. 내 손가락을 부러뜨릴 태세다. 아랫도리가 급하게 쪼그라들고 만다.

변태새끼! 다른 꼰대들하고 다르거니 했더니 역시나야. 나는 진짜 하고 싶단 말이야, 씨발놈아!

아이는 길길이 욕을 해대며 거칠게 옷을 걸치곤 나가버린다. 절반 밖에 만져보지 못한 아쉬움이 남는다. 단단한 종아리와 얇게 저며놓은 살코기 같은 발목의 주름, 꼼지락대는 하얀 발가락들이 눈에 아른거린다. 나는 배터리가 반만 충전된 듯한 양손을 맞잡고 손가락을 꺾는다. 우두둑, 시신의 팔다리 꺾이는 소리와 닮았다.

*

저녁 9시. 집으로 들어가기에는 이른 시간이다. 아파트 앞 놀이터를 지나 리기다소나무가 즐비한 산책로를 걷는다. 산책 나온 사람들이 띄엄띄엄 보인다. 아파트 뒤쪽엔 산으로 올라가는 오솔길이 있다. 가로등이 끝난 지점에서 되돌아오지 않고 내처 걷는다. 바짓가랑이를 스치는 마른풀의 버석거림 외에는 아무 소리도 들리지 않는다. 얼마만큼 왔을까. 흑요석 같은 어둠 속에 나는 우두커니 섰다. 아내가 사라지고 난 뒤에 생긴 습관이다. 어둠은 수면 캡슐 안에 누운 채 바다 깊숙이 잠수해 들어갈 때의 부드러움으로 몸뚱이를 휘감아온다. 의외로 편안하다. 장례학과 강의실에 앉아 있는 것처럼.

나는 군대를 제대하고 다니던 대학에 복학하지 않았다. 행정학은 좀체 친해질 수 없는 학과였다. 커다란 세계 전도를 펴놓고 그 위에 드러누워, 낯선 나라의 오지로 이민가버리는 상상만 했다. 막막했다. 낮에는 빛이 두려웠고, 밤에는 어둠이 버거웠다. 날마다 편두통에 시달렸다.

편두통은 어릴 때부터 있었다. 너무 어려 애비에미를 잃어버린 탓에 머리가 충격을 받은 게야. 할머니는 물수건을 내 머리에 얹어주며 말하곤 했다. 동남아로 여행을 갔다 비행기 추락사로 너만 살아 돌아왔다던 할아버지의 말은 비현실적으로 들렸다. 사실로 받아들이기에는 내가 너무 어린 탓이었을 것이다. 부모에 대한 기억이 전혀 없었다. 더군다나 부모의 빈자리를 조부모가 다 메워주었다. 비가 오면 학교 대문 앞에 서 있고 소풍을 가면 도시락을 싸들고 따라왔다. 나는 할머니의 젖을 빨고 할아버지의 수염을 만지며 컸다. 군대에 있을 때 두 분은 마치 약속이라도 한 듯 열흘 사이를 두고 차례로 세상을 떠났다. 두 차례나 장례를 치렀던 탓에 특별휴가를 끝내고 자대에 복귀할 때는 군에 다시 입대하는 기분이 들었다.

제대하고 돌아온 집은 텅 비어 있었다. 두 분의 영정사진만이 집을 지키고 있었다. 내가 오지로 이민을 간다고 해도 달라질 건 없었다. 이곳이나 저곳이나 잠시 도서관 좌석을 옮긴 정도의 의미밖에 없을 터였다. 결정적으로 이민에 대한 생각을 접게 된 건 친구가 던져준 대학입시 요강을 보고서였다. 장례학과. 백프로 취업이란 현란한 문구를 훑어내린 건 눈이 아니라 손이었다. 수시, 영좌설치, 초혼, 염습, 입관, 죽어서 별이 되는 우주장, 자연으로 빨리 돌아가는 빙장. 손은 글자를 빨아들이는 듯했다. 이제까지 장례학과를 선택하기 위해 살았던 사람마냥 흥분했다. 편입은 쉬웠다. 커다란 인형을 눕혀놓고 염습하는 강의를 들을 때 마음은 한없이 평온했다.

현관문을 열고 코를 킁킁댄다. 아내가 사라지고 삼 개월이 지났는데도 아내의 냄새는 집안에 그대로 고여 있다. 거실의 불을 켜자 아침에 나가면서 올려둔 신문이 테이블 위에 그대로 놓여 있다. 깡마른 사내가 깨진 거실 거울 속에서 나를 노려본다. 아내가 깬 거울은 흉하다. 볼 때마다 바꿔야지 하면서도 여태 걸어두고 있다는 사실에 한숨이 나온다. 소파에 앉아 부엌 쪽을 바라본다. 생선튀김 냄새와 참기름 냄새, 밥 냄새 등 온갖 냄새를 풍기며 풍성하게 차려지던 식탁엔 먼지가 뿌옇게 앉아 있다. 음식솜씨가 좋으면 성욕도 강하다고 집들이에 초대된 지점장이 은밀하게 했던 말이 떠오른다. 불고기잡채와 팔보채, 탕수육으로 열심히 젓가락질을 하던 동료들도 한마디씩 거들었다. 음식을 혀끝에만 대도 짜릿하게 온몸의 감각이 열리네. 이 대리는 밤이 무섭겠어. 불행히도 나는 혀끝의 감각을 느낄 수 없었다. 아무리 풍성한 반찬들이라도 깨작거리기 일쑤였으니까. 나는 아내의 몸을 만질 때만이 감각이 열렸다. 그것도 손에만.

아내는 온몸이 성감대였다. 조그마한 터치에도 까르르 숨이 넘어가듯 웃었다. 웃음은 아파트 경비에게도 지하철 옆자리 사내들에게도 헤프게 흘러 나를 불안하게 했다. 하지만 불평은 하지 않았다. 아내의 몸은 내 손을 훈련시키기에 훌륭한 도구가 돼주었기 때문이다. 상조회사에서 전설의 손으로 떠오른 것도 좋은 아내의 몸이 아니었으면 불가능했을 것이다.

나는 소파에서 몸을 일으켜 방으로 들어간다. 입은 옷들을 벗고 간편복을 꺼내기 위해 옷장 문을 연다. 흰 가운과 까만 색의 양복 두 벌, 트레이닝복 두 벌. 그 외엔 모두 아내의 옷이다. 아내의 옷들은 뒤집어지고 구겨지고 짓눌린 채 빼곡하게 걸려 있다. 어질러둔 아내의 물건들을 반듯하고 가지런하게 정리하려 들면 아내는 곧잘 짜증을 냈다. 좀 내버려둬. 자유롭게 살고 싶다구. 자유를 입에 달고 살던 아내는 대체 어디로 간 것일까.

아내가 사라진 뒤, 나는 귀찮은 뒤처리를 근 한 달 동안 무덤덤하게 수행했다. 파출소와 경찰서, 처갓집과 아내의 친구들, 하루에 서너 번씩 들락거리던 미트까지. 하지만 집 안에 남아 있는 아내의 기록들에서도 특별한 점은 발견되지 않았다. 기록이라고 해봤자 달력이나 책갈피에 낙서된 요리재료나 생필품 목록이 전부였다. 스스로 사라진 것인지 아니면 누군가에 의해 납치당한 것인지조차 알 수 없었다. 경찰에서 요청한 아내의 머리카락은 어쩐지 마음을 찜찜하게 했다. 만약을 대비한 유전자 감식용이라며 조심스럽게 경찰은 말했다. 아내의 머리카락은 쉽게 찾을 수 있었다. 방바닥과 화장대 주변 곳곳에 떨어져 있는 게 아내의 긴 머리카락이었으니까.

옷걸이에서 동백꽃이 프린트된 잠옷이 방바닥으로 뚝 떨어진다. 마치 아내가 잠옷을 벗어 내게 던지고 마트로 반찬거리를 사러간 것만 같다. 나는 흐드러지게 그려진 동백을 집어올려 옷걸이에 건다. 그리곤 아무렇게나 걸려 있는 아내의 옷을 만진다. 밍밍한 음식 맛처럼 아무런 감각이 느껴지지 않는다. 조금 전 여자아이의 아랫도리가 자꾸 떠오른다. 만져보고 느껴보지 못한 게 안타깝게 느껴진다. 맹렬한 충동이 다시 살아난다. 벗어둔 주머니 속을 뒤져 핸드폰을 꺼낸다. 데드메신저란 발신자 번호가 뜬다. 통화 버튼을 밀자 여자아이의 목소리가 신경질적으로 튀어나온다. 나는 천천히 핸드폰 케이스를 접어버린다.

아내는 섹스를 하기 전 내 손을 정성스럽게 마사지했다. 뜨거운 물수건을 손에 감싼 뒤 마사지크림을 잔뜩 발랐다. 미끌미끌 내 손가락 사이를 왔다갔다하는 아내의 손은 작고 사랑스러웠다. 작은 손이 기다란 내 손가락 하나씩을 잡아 쭉쭉 늘이고 손끝에서 탁탁 경쾌한 소리를 낼 때면 기이하리 만큼 손에 불꽃이 일었다. 활활 타오르는 손은 내 몸을 지배했다. 손가락 끝에서 모든 생각이 나오는 것 같았다. 화장실을 가는 것이나 밥을 먹는 것까지도 손이 지시를 내리지 않으면 몸은 움직이지 않았다.

마사지를 끝낸 손은 한결 풍부한 표정을 지었다. 가뭄 끝에 내리는 단비처럼 피부는 보드랍고 푸른 정맥은 더욱 선명했다. 손가락 굵은 마디 안쪽에 돋아난 털도 부드럽게 누웠다. 슬며시 손바닥을 뒤집으면 비밀이라도 간직한 듯한 손금들. 진하고 옅은 손금과 손가락 끝에 동글동글 무늬진 지문들을 보노라면 신들의 문자를 읽는 기분에 젖곤 했다.

신과 섹스를 하는 것 같아.

아내는 내 손끝이 닿을 때마다 흥분을 참지 못했다. 그러나 나는 잔뜩 아내를 흥분만 시켰지 한번도 아내 몸속으로 들어가지 못했다. 결혼 후 병원을 찾았을 때 의사는 발기불능이란 진단을 내렸다. 아마도 어릴 때 비행기 사고를 당하면서 파편조각이 성기를 건드린 것 같다고 했다.

예민해진 손은 염습에 탄력을 받았다. 손은 성능이 좋은 센서였다. 내게 맡겨진 시신은 날이 갈수록 늘어갔다. 대부분의 장례 플래너들은 장례예절이나 행정적인 일을 선호했지만 나는 염습과 입관을 전문으로 맡았다. 내 실적이 최고에 달하자 본사에서 파견으로 돌렸다. 전출과 파견은 하늘과 땅 차이였다. 전출이 귀양의 의미를 띤다면 파견은 출세의 지름길이었다. 최고의 대우와 보수는 당연한 것이었다. 가장 실적이 올라가지 않은 지점으로 파견된 나는 검은 양복자락을 휘날렸다. 침침한 형광등을 400볼트의 할로겐 전구로 모조리 바꾸고 책상 위치를 변형시켰다. 냄새나는 화장실을 뜯어 반짝이는 타일을 깔고 벽지를 갈고 온갖 시설물들을 보수했다. 산뜻한 사무실은 마케팅의 기본이라고 꽤 그럴 듯한 논리를 직원들에게 주입시키기도 했다. 내 행동을 재수없다고 빈정대던 직원들도 고객이 쉴 새 없이 찾아오고 시신이 늘어나자 못 이기는 척 다가왔다. 죽은 사람을 고인이라 부르던 호칭을 손님으로 바꾼 것도 나의 아이템이었다. 전문적으로 울어주는 곡비 도우미를 두자는 것도, 화려한 색상의 화환을 쓰자는 것도 내가 본사 지식마일리지에 올린 것들이었다. 생각들은 절묘하게 성공했다.

나의 지식마일리지가 올라가고 대리에서 과장으로 초고속 승진을 하는 동안 손 마사지 기구들도 늘어났다. 스팀기와 비타민 주입기, 태반 주사기. 게다가 해초, 녹차, 감자, 오이 따위의 온갖 팩제들. 직장에서의 신임이 높아질수록 아내의 웃음소리는 줄어들었다. 그도 그럴 것이 지점이 전국으로 흩어져 있다 보니 이삿짐을 풀고 싸기에 바쁜 날들이었다. 대전, 대구, 전주, 부산……. 아내는 이불 속에서 잘 나오지 않았다. 밥상엔 달랑 말라비틀어진 김치쪼가리만 올라올 때도 있었다. 급기야는 상조회사 유니폼을 가위로 잘라놓기까지 했다. 조그마한 일에도 쉽게 짜증을 냈다. 나는 하는 수 없이 고충사항부를 본사에 올렸다. 서울에서만 근무하게 해달라고. 많은 지점이 있었던 서울이라 회사대표는 선뜻 내 뜻을 존중해주었다.

장맛비가 며칠째 내리던 어느 날이었다. 나는 여느 날과 다름없이 아내 앞에 손을 내밀었다. 스팀타월을 가져오던 아내는 느닷없이 뜨거운 타월을 내 얼굴로 냅다 던졌다.

지거워 죽겠어!

차가운 얼굴을 한 아내는 옆에 있던 마사지크림 통마저 거실 거울을 향해 던졌다. 그 바람에 거울이 쨍하고 금이 갔다.

그 후 아내는 자주 집에 들어오지 않았다. 3교대 근무였던 나는 쉬는 날만 집에 있어달라고 말했다. 아내는 귓등으로도 듣지 않았다. 남자가 있어도 좋으니 당신 몸만 만질 수 있게 해달라고 나는 구걸하다시피 했다. 내가 당신의 도구밖에 안 되는 존재야? 아내는 눈물이 그렁한 눈을 애써 부릅뜨며 말했다. 왠지 뒤통수를 세게 얻어맞은 기분이었다.

*

관이 사라졌어.

지점장이 사무실에 들어서는 나를 노려보며 말문을 연다. 영문을 모른 나는 갑자기 오물세례를 받은 느낌이 든다. 부글부글 뭔가 속에서 끓어오른다. 심상찮은 사무실 공기에 지그시 감정을 누른다. 복지사들도 분주하게 뛰며 전화통을 붙잡고 쩔쩔 매고 있다. 어, 어제 손님을 향나무관에 완벽하게 포장하여 입관했는데 무슨 말이에요? 내가 말을 더듬으며 묻자 지점장은 눈을 치뜬다. 이런 일은 처음이라 나도 당황스럽다. 분명 '권상문'이란 이름이 부착된 냉동고 안에 손님을 넣었는데, 라고 나는 입속말을 한다. 고객이 본사로 바로 항의전화를 한 상태라 어떻게 손쓸 방법도 없는 것 같다. 나는 의자에 몸을 기대고 벽에 부착된 전광판을 물끄러미 쳐다보기만 한다. 꼴찌가 된 우리 지점의 이름이 빨갛게 점멸한다. 불현듯 유니폼 등판에 볼품없이 찍혀 있던 '웰다이 상조'가 떠오른다. 발인일이 같다는 생각에 이르자 마음이 급해진다.

국화꽃이 장식되어 있는 리무진 옆을 지나 영안실로 들어서자 누군가 다짜고짜 멱살을 잡는다. 팔을 걷어붙인 상주들이 가만두지 않겠다는 듯 서슬이 퍼렇다. 개새끼, 우리 집에 재 뿌리려 작정했지. 처음부터 재수 없었어. 개뼈다귀같이 생겨 가지고선 우리 아버지 어떻게 했어? 굴건제복들이 한꺼번에 달려들어 쏟아내는 말에 정신이 몽롱해진다. 하지만 나는 손을 쓰지 않는다. 괜히 이런 일에 손을 잘못 놀리면 상처 입기 십상이기 때문이다. 이리저리 상주들의 손에 몸이 휘둘린다. 흔들리는 머릿속으로 그날 일이 점점 선명하게 떠오르는 것 같다. 노인이 누워 있던 냉동고 위칸에 같은 이름이 부착되어 있었다는 사실. 냉동고에서 노인을 꺼낼 때 부착된 인적사항을 자세히 봤던 기억이 난다. 갑자기 요란한 핸드폰 벨소리가 끼어든다. 맏상주인 듯한 굴건제복이 한참 동안 전화를 받고나서야 그들은 내 몸에서 떨어진다.

비상등을 켠 버스가 급하게 장례예식장 마당으로 들어서고 있다. 운구차가 버스라면 향나무관이 아닌 소나무관일 것이다. 차에서 사람들이 우르르 내린다. 교회장이었던지 대부분 검정색 상복을 입고 있다. '웰다이 상조'란 커다란 글씨가 눈에 들어온다. 장지가 먼 곳이라 새벽에 정신없이 출발하는 바람에 시신이 바뀌었다고, 또박또박 말하는 사내는 당당해 보인다. 올백으로 넘긴 머리 모양 탓일까. '웰다이 상조'의 장례 플래너는 내게 눈을 꽂는다. 마치 내 잘못인 양 질책하는 눈빛이다. 하마터면 재가 될 뻔했다, 고 화장장 앞에서 바뀐 걸 알아차린 자신의 눈썰미를 자랑한다.

관 뚜껑을 열자 시신이 엉망이 되어 있다. 버스기사가 먼 길을 가느라 엄청난 속력을 낸 것 같다. 가지런하게 빗겨둔 노인의 머리가 떡이져 있고 삼베저고리 고름이 풀려 있다. 습신까지 다 벗겨져 있다. 그나마 노인의 얼굴이 훼손되지 않아 다행이란 생각을 한다. 시신의 모양을 정돈하려 할 때 잽싸게 복지사들이 들어선다. 이 과장님은 쉬세요, 라며 복지사 두 명이 내 등을 밖으로 민다. 입 안이 쓰다.

*

여자를 사기 위해 딸기방에 들어간다. 데드메신저가 들어와 있다. 내가 먼저 알은 체를 한다. 아이는 노골적으로 흥정을 하려든다. 나는 손을 되찾기 위해 아낌없이 쓴다. 아이는 콜이라고 답글을 단 다음 온갖 알 수는 이모티콘을 날린다. 이모티콘은 나를 조롱하는 듯하다. 아무려면 어떨까.

잠자리에 들려고 할 때 핸드폰이 울린다. 모르는 번호가 액정화면에서 쉴 새 없이 번쩍인다. 손이 미세하게 떨린다. 아내일지도 모른단 생각에 얼른 통화 버튼을 밀 수가 없다. 나도 모르게 벼락 같은 화를 낼 것만 같아서다. 아내의 전화는 아슬아슬하게 연결된 거미줄이나 다름없다. 손이라도 대면 엉망으로 끊어지고 말 끈적한 줄. 깊은 숨을 들이쉬며 버튼을 민다.

S경찰서 수사과입니다.

불쑥 남자의 목소리가 귓속을 파고든다. 갑자기 기운이 쏙 빠진다. 핸드폰을 바닥으로 떨어뜨릴 것 같아 손아귀에 안간힘을 준다. 내일 아침 일찍 병원으로 와달라고 형사는 사무적으로 말한다. 형사가 뭔가 많은 말을 늘어놓은 것 같은데 전화를 끊고나자 아무 말도 떠오르지 않는다. 머릿속이 하얗게 표백된 것 같다. 방안과 거실을 서성거리다 시계를 본다. 새벽 한 시다. 손끝이 간질거린다. 터치만 하면 화르르 손의 감각이 살아날 것 같다. 저승사자가 예고하고 사람을 데려가진 않잖아요. 언제든지 불러달라는 뜻이죠. 내가 아이에게 왜 데드메신저냐고 물었을 때 아이가 했던 말이 머리를 스친다. 미친 듯이 손을 문지르다 하는 수 없이 데드메신저를 부른다.

현관문을 들어서는 아이를 나는 난폭하게 다룬다. 아이는 자다가 온 듯 뻥튀기처럼 부푼 머리를 쳐들고 다짜고짜 욕부터 내뱉는다. 돈이 웬수야. 이런 변태새끼들에게 늘 고귀한 몸뚱이를 바쳐야 하다니! 다급해진 나는 아이의 옷을 강제로 벗긴다. 아이는 내 몸을 밀며 거세게 앙탈을 부린다. 모텔에서처럼 그냥 가버릴까 불안해진다. 알몸의 아이를 덥석 안고 침대로 던진다. 그리곤 서랍장을 정신없이 뒤진다. 아내가 신던 팬티스타킹이 눈에 들어온다. 나는 발버둥치는 아이를 필사적으로 누른다. 아이의 손발을 차례대로 침대봉에 묶는다. 아이는 실험대 위에 올려진 개구리같이 만세를 부르고 있다. 겁에 질린 아이의 눈을 수건으로 덮고서야 마음이 차츰 가라앉는다. 형광등 불을 끄고 침대 옆의 스탠드를 켠다. 오렌지색의 불빛이 아이의 몸을 더욱 탐스럽게 만든다. 아내가 좋아하던 불빛이다. 베란다로 향한 문을 살짝 열자 찬바람이 아이의 가쁜 숨을 몰아낸다. 아이의 살갗에 모래알을 뿌려놓은 듯 소름이 돋고 있다. 간질거리는 손을 비빈다. 이번엔 아래부터 만져보기로 한다. 꼼지락거리는 작은 발가락과 붉은 매니큐어가 칠해진 발톱들, 발뒤꿈치의 잔주름과 탱탱한 종아리. 야들야들한 허벅지살로 올라온 손은 살사댄스 리듬을 타고 있다. 달아오른 손은 어느새 아이의 풍성한 거웃을 헤집는다. 주저없이 촉촉한 질 속으로 쑥 들어간다. 아, 나뭇가지의 새순이 터지듯 찌르르 손으로 느껴지는 강렬한 질감! 나는 부르르 몸을 떤다. 이윽고 뻑뻑해진 눈에서 뜨거운 것이 볼을 타고 흘러내린다. 그제야 아내가 죽었다고 한 형사의 말을 실감한다.

　신분증을 확인한 형사는 반지하로 나를 데려간다. 가을비에 젖은 옷이 축축하다. 주머니 깊숙이 손을 넣는다. 손은 주머니 안의 먼지 냄새와 허벅지에 돋아난 터럭, 살 속에 흐르는 피돌기까지 다 집어낼 수 있을 것 같다. 가파른 계단을 내려갈 때마다 발소리가 유난히 크게 울린다. 포르말린 냄새가 아래로 내려갈수록 진하게 풍겨온다. 마치 내 몸이 포르말린 액 속에 잠기는 듯하다. 영안실 입구는 호텔 로비 마냥 반지르르 윤기가 돈다. 고개를 쳐들자 지상으로 향한 커다란 창문에 빗방울이 연신 그어지고 있다.

　사체의 부패가 심해 유전자 감식을 한 결과 신고된 실종자와 같았습니다.

　형사는 흔한 일이라는 듯 무심하게 말을 던지며 여러 개의 냉동 캐비닛을 훑는다. 중간 지점의 캐비닛 상단에 부착된 이름을 확인하고 나를 부른다. 나는 주머니 속의 손을 슬그머니 움켜쥔다. 끈적한 땀이 묻어난다.

형사가 한지를 걷어내자 긴 퍼머머리의 여자가 누워 있다. 딱히 아내라고 단정지을 만한 것을 찾아볼 수는 없다. 눈은 짓물러져 있고 코뼈는 주저앉아 있다. 벌어진 입속엔 이물질이 잔뜩 들어가 있다. 여기저기 구멍이 난 얼굴엔 꽁꽁 언 벌레들이 붙어 있다. 부패가 심해 급냉을 시킨 탓일 것이다. 이제까지 본 시신 중에서 가장 엉망인 시신이다. 슬쩍 몸통에 덮여 있는 한지를 밀친다. 순간 내 손은 감전이라도 된 듯 움직일 수 없다. 만개한 동백꽃. 흐드러진 동백이 프린트된 잠옷을 여자가 입고 있다. 흙이 묻고 갈가리 찢어진 옷이지만 동백꽃만은 선명하다.

내가 유족진술서를 작성하는 동안 형사는 주절이주절이 얘기를 늘어놓는다. 인적이 드문 산기슭에 버려져 있었고 여성만을 노린 성폭력 살인범 소행이었다고 전한다. 범행 일체를 자백받았다는 말까지 마친 형사는 내가 작성한 진술서를 훑는다. 검사의 내사 종결지휘서가 떨어지자마자 형사는 짐짝을 떠넘기듯 아내를 내게 넘긴다. 사망진단서를 주머니에 구겨넣고 영안실로 향한다. 주머니에서 핸드폰이 울린다. 지점장이다. 전화를 무시한다. 무단결근을 한 탓에 부재중 통화가 열 통이나 찍혀 있다.


나는 오랫동안 아내를 내려다보다 에어컨을 최강으로 올린다. 서늘한 바람이 영안실 안에 떠도는 퀴퀴한 냄새를 밀어낸다. 나는 천천히 장갑을 벗는다. 두 손을 높이 쳐들고 한껏 깊이 심호흡을 한 뒤 아내의 얼굴에 갖다댄다. 손은 강렬한 열을 뿜어내고 있다. 마치 오르가즘에 도달한 남녀의 체온 마냥. 사정을 하고 나면 급속도로 몸이 식게 마련이다. 절정의 순간을 놓치지 않기 위해 어금니를 깨문다. 그러나 손의 생명은 여기까지란 느낌을 지울 수 없다.

얼굴에 덮인 구더기들이 꽁꽁 얼어 있다. 빳빳한 솔로 쓸어내린 구더기가 바닥으로 우르르 떨어진다. 언 내장 속에도 벌레들이 잔뜩 죽어 있다. 이럴 땐 빙장이 최고라고 생각한다. 190도로 급냉을 시킨 뒤 잘게 부서 땅에 묻는다면 험한 꼴을 쉽게 없앨 수 있을 것이다.

지저분한 이물질들을 다 털어내고 바닥에 뒹구는 잠옷을 쓰레기통으로 던져넣을 때 창문이 흔들린다. 놀란 눈으로 창쪽을 보자 세찬 빗줄기가 들이치고 있다. 번쩍, 창유리 위로 번개가 점멸한다. 불현듯 아내의 몸에서 기이한 기운이 느껴진다. 곧바로 수의를 입히려던 마음을 바꾼다. 옷소매를 걷고 박스 안의 붕대를 꺼낸다. 넉넉한 붕대를 작업대 옆에 둔 뒤 탈지면을 든다. 얼굴과 옆구리, 다리로 구멍이 난 곳은 모조리 솜으로 틀어막는다. 긴 머리칼도 싹둑 잘라 오낭에 넣는다. 다섯 개의 붉은 주머니엔 머리카락으로 가득 찬다. 그리곤 머리부터 발끝까지 붕대를 꼼꼼하게 감는다. 손의 열기가 차츰 빠져나가는 것 같다. 에어컨을 너무 세게 틀어둔 탓이다. 아내의 몸에서 진물이 흘러나오지 않게 하기 위해선 어쩔 수 없다.

화장품 케이스를 열고 아이펜슬을 든다. 엷은 눈썹과 속눈썹, 입술 라인을 그린다. 붉은 립스틱을 칠하자 붕대 속으로 스며들어 자연스런 입술이 된다. 적삼, 속저고리, 속치마, 두루마기가 차례로 포개진 수의를 한꺼번에 입힌다. 붕대에 감긴 뼈대가 허물어질까 한껏 조심한다. 하얀 두루마기에 감싸인 아내는 눈송이 같다. 잠깐 고개를 들자 푸르스

름한 새벽 빛이 외기의 기운처럼 창유리로 스며들고 있다. 비가 갠 하늘엔 별이 떠 있다. 등줄기로 식은땀이 흘러내린다. 깊은 숨을 내쉬며 천천히 눈을 돌린다. 반듯하게 누워 있는 시신을 내려보던 내 눈이 휘둥그레진다. 입술이 벌어져 있다. 마치 아내가 잇몸을 드러내고 활짝 웃고 있는 것만 같다. 립스틱을 칠한 붕대가 벌어진 탓이란 걸 알고 나도 웃는다.

일곱 개의 구멍이 뚫려 있는 칠성판 위에 삼베 이불과 베개를 반듯하게 넣는다. 병원에서 지급한 관은 가장 낮은 가격대의 목재관이다. 불에 빨리 타고 부식이 잘 되는 재질. 하지만 이승에 대한 미련을 버려야 할 망자에겐 더 좋은 관이다.

아내를 안는다. 깃털처럼 가볍다. 관 속에 누운 아내가 움직이지 않게 보공을 한다. 오낭을 넣은 뒤 깨끗한 염포로 덮는다. 가장 완벽한 포장이다. 관 뚜껑을 닫는다. 입관을 끝내고 나자 손이 싸늘하다. 손등의 살갗이 허옇게 일어나 있다. 삶과 죽음을 연결시키던 손……. 이제 삶과 죽음이 확실하게 분리되는 게 느껴진다. 아내에게 잘 가라는 의사표시를 해보려하지만 손은 더 이상 움직이지 않는다. □

층

충

복도는 어둡고 눅눅했다. 나는 어깨를 활짝 펴고 걸었다. 또각이는 구둣발 소리가 복도를 울렸다. 소리가 더 세게 울리도록 발바닥에 힘을 줬다. 발소리는 일종의 경고음이었다. 함부로 누워 있던 여자들이 후다닥 일어나고 몰래 치던 화투짝을 감추는 소리가 희미하게 들렸다. 촘촘하게 붙어 있는 방안을 유심히 살폈다. 가지런히 줄을 맞춘 여자들은 일제히 나를 올려다봤다. 머릿수를 세는 인원점검 시간이지만 여자들의 마음속을 들여다보는 시간이기도 했다. 팀장은 이 시간을 업무파악의 지름길이라 말했다. 나는 발굴이라고 정정했다. 지층 밑에 깔려 있는, 시간을 견뎌낸 축축한 화석을 발굴하듯 여자들의 속내를 캐냈으니까. 어린 팀장이 발굴의 경지를 어찌 알 수 있을까. 나는 코웃음을 치며 여자들을 훑었다. 칙칙한 얼굴빛의 여자에게서 영치금이 없다는 것을, 그 옆에 앉은 여자의 늘어진 뱃살에서 욕망을 읽었다. 사기친 돈을 어떻게 더 큰돈으로 굴릴 수 있을까란 탐욕이 보였다. 앞에 앉은 여자의 기다란 손끝을 보며 눈살을 찌푸렸다. 간밤에 저 손가락으로 자위행위를 했을 것이다. 한숨을 길게 내쉬며 다음 방으로 향했다.

"알아봤어?"

13방 앞에 서자마자 철격자에 들이댄 커다란 얼굴에 나는 흠칫 놀랐다. 조진자다. 나보다 한 살 어린 진자의 반말에 익숙하면서도 오늘은 신경에 거슬렸다.

"싸가지 없는 것! 내가 니 친구야!"

진자에게는 강약 조절이 필요했다. 그렇지 않으면 휘말리고 만다. 생떼를 쓰거나 난동을 피우면 꼼짝없이 당하고 만다. 어제 진자가 부탁한 일 탓이기도 했다. 눈에 힘을 주고 낮게 뇌까린 내 목소리에 주눅이 들었는지 진자는 불판 위에 올려진 오징어처럼 몸을 잔뜩 말고 힐끔 나를 봤다. 이어 잘근잘근 입술을 씹었다. 감지 않은 머리카락은 떡이 져 목덜미에 휘감겨 있고 잠을 못잔 눈은 우물처럼 파여 있었다. 나는 깊숙한 우물 속을 들여다보려 애썼다. 그녀의 속은 서늘한 우물이 아니라 가스 불에 올려진 냄비 같았다. 끓는 물을 잠재우기엔 찬물이 제격이었다.

"없었어. 흔적도 없었어."

나는 아무런 감정도 싣지 않은 채 사무적으로 말했다. 진자는 찬물을 뒤집어쓴 듯 후르르 한번 몸을 떨고는 풀썩 주저앉았다. 그리고 나서 울기 시작했다. 음울한 울음소리는 창을 넘어 이 방 저 방으로 퍼졌다. 점점 커진 울음은 통곡에 가까웠다. 내가 점검을 다 끝낼 때쯤엔 아예 악다구니로 바뀌었다. 여기저기 방에서 욕설이 쏟아졌다. 미친년, 아가리 좀 닥쳐. 저년 때문에 우리가 돌겠어. 단층 건물은 삽시간에 아수라장으로 변했다. 그도 그럴 것이 진자의 울음은 벌써 일주일째였다.

나는 천천히 복도 중앙에 섰다. 유니폼 주머니에서 꺼낸 호루라기를 공포탄을 쏘듯 세게 불었다. 폐 깊숙이 끌어올린 숨을 모아 길고 강하게 불었다. 일순 복도는 정적에 휩싸였다. 진자의 울음소리도 여자들의 욕설도 뚝 끊긴 복도는 숨막힐 듯 조용했다.

호루라기 사용은 공포심과 모멸감을 줄 수 있어요. 사용하지 마세요. 내가 사무실로 들어서자 팀장은 못마땅한 얼굴로 말했다. 나는 그녀의 말을 귓등으로 흘리며 의자에 앉았다. 책상 앞으로 바짝 당겨지는 의자 소리가 요란했다. 사사건건 입을 대는 팀장을 대할 때면 모래가 입속에 들어간 듯 껄끄러웠다.

팀장은 늘 '기분 꼴리는' 대로 일했다. 그것은 순전히 내 생각이다. 윗사람들이나 여자들은 팀장의 인간성과 근무능력을 대단하게 평가했으니까. 교정교화를 입에 달고 잘난 체를 해대는 팀장 모습에 나는 넌더리를 냈다. 언제부턴가 그녀가 '교정'이라고 발음할 때 유독 튀어나온 그녀의 앞니를 빤히 쳐다보는 버릇이 생겼다. 자신의 이 하나 바르게 교정하지 못하는 주제에 인간을 어떻게 교정하겠다는 건지.

고객님을 위한 최상의 서비스를 제공할 의무가 우리들에게 있습니다. 훌륭한 상품, 그러니까 재소자 상품을 만들어야 합니다. 팀장은 앞뒤가 맞지 않는 말을 내 뒤통수에 대고 연신 쏘아대고 있었다. 교도소가 쇼핑센터야 공장이야. 가려면 하나로 몰아갈 것이지, 라고 나는 혀를 찼다.

교정교화를 입에 달고 살지 못한 나는 언제나 성과급 'C'였다. SS, S, A, B, C 중 가장 낮은 등급. 하루 저녁 원 나잇 스탠드하고 나면 없어질 금액. 귀하의 성과급은 C입니다, 란 핸드폰 메시지를 받을 때면 퇴적층 맨 아래에 깔린 기분이 들곤 했다. 하지만 상관하지 않았다. 쉴 새 없이 들락거리는 여자들은 C급을 위대하게 만들기 때문이었다. 온몸의 감각을 동원하여 여자들의 마음을 캐낼 때가 그랬다. 드물게 여자들의 속내를 알아내면 원석을 세공하듯 조심스럽게 다뤘다. 그러나 진자는 좀체 알 수가 없었다.

컴퓨터를 켰다. 웅웅 엔진 돌아가는 소리가 곰이 내지르는 소리처럼 들렸다. 네 개의 발가락을 활짝 벌리고 입꼬리를 잔뜩 올린 곰. 교도소 상징 캐릭터 보라미다. 보라미는 본부에서 만든 내부 사이트였다. 나는 조심스럽게 보라미의 입 속으로 들어갔다. 하루 중 가장 의미 있는 시간이었다.

아버지의 실직으로 고고학자의 길을 버려야 했던 나는 자포자기 심정으로 교정직 시험에 응시했다. 교정직이 교도소에 근무하는 직종인 줄은 몰랐다. 오타 교정하는 직업쯤으로 생각했다. 형법, 민법, 형사소송법 따위의 법률 용어의 오타를 교정하며 세월을 흘려보낼까, 문화재 발굴단을 따라다니며 돌이나 나를까 고민하기도 했다. 삶은 뜻하지 않게 기쁨을 안겨준다는 것을 보라미를 통해 알았다. 보라미에 처음 접속했을 때를 잊을 수 없다. 신대륙을 발견한 듯한 느낌에 사로잡혀 컴퓨터 앞을 떠나질 못했다. 무려 다섯 차례나 비밀번호를 통과해야 열리는 문. 유니폼들은 귀찮아했지만 내게는 신비감을 더할 뿐이었다. 비밀번호를 누를 때마다 한 겹 한 겹 지층을 파고 내려가는 기분이었다. 깨알같이 저장된 수용자 정보들은 거대한 퇴적암이나 다름없었다. 전국 교도소에 수용된 남자, 여자, 외국인, 심지어 출소자들까지 들어 있었다.

나는 검색란에 조진자를 가볍게 쳤다. 세상의 조진자들이 다 모여 있는 듯 화면 가득 조진자가 떴다. 사기 친 조진자, 살인한 조진자, 유괴

한 조진자, 도박한 조진자, 횡령한 조진자. 온갖 진자들이 진상을 떨고 있는 형국이었다. 유해화학에 클릭을 하자, 1910년생부터 1998년생까지의 조진자가 떴다. 1910년생? 지금쯤 무덤에 있을 나이 아닌가. 보라미에 한번 기록되면 삭제가 되지 않는다고 했던 동료의 말이 떠올랐다. 문득 보라미는 지구가 멸망해도 살아 있지 않을까란 생각이 들었다. 보라미 파일은 특수 제작되어 영구보존 능력이 갖춰졌다 했다. 새로운 인류가 보라미를 발굴하면 어떻게 할까. 자신들의 위대한 조상이라고 박물관 유리관 속에 소중하게 보관하지 않을는지. 나는 이런저런 상상을 하며 영생의 공간에 정을 두드리듯 달각달각 클릭했다.

1979년생 조진자에 올려진 커서를 살짝 눌렀다. 전과 13범, 유해화학물품 흡입. 스물한 살부터 교도소를 들락거린 기록들이 기다랗게 떴다. 진자는 퇴화된 생물처럼 보라미에 박혀 있었다. 사건내용과 가족관계를 훑어봤다. 빽빽한 기록들의 행간을 오르내리던 나는 한숨을 내쉬었다. 이곳에 들어올 때마다 남자가 있었다. 그것도 이름이 다른 남자들이, 무려 열세 명이나 됐다. 동거남이거나 지인으로 기록된 남자들. 이번의 남자와는 삼 개월도 사귀지 못한 상태에 검거됐다. 그 기록에 고개가 갸웃거려졌다.

이번에는 진짜야. 이름 때문에 조진 인생인 줄 알았는데, 사랑이 왔어. 6개월 전 입소되었을 때 진자가 나를 보자마자 한 말이었다. 나는 그녀의 말을 믿지 않았다. 들어올 때마다 인사처럼 하는 말이었다. 이곳을 자신의 집처럼 들락거리는 진자에게 해줄 수 있는 것은 아무것도 없었다. 그저 모텔 주인처럼 방을 지정해줄 뿐. 4.4평의 혼거방은 진자의 몸을 눕히기엔 턱없이 좁았다. 늘 열 명 안팎의 여자들이 우글거려 진자의 입을 더럽게 만들었다. 씨발, 이게 방이야, 닭장이지.

진자가 사랑이라고 말하는 남자들은 하나같이 한두 번 면회오는 것으로 끝이었다. 이번엔 꽤 오랫동안 면회를 왔다. 남자가 면회를 오고 간 날은 그녀의 방에 먹을거리가 넘쳐났다. 닭훈제, 사과, 빵, 커피, 스낵과자, 우유, 땅콩……. 넉넉하게 들어온 것들을 헤프게 인심을 쓰기도 했다. 그래서일까 진자는 방 여자들을 쥐락펴락했다. 방청소며 설거지, 배식 따위의 각종 당번에서 빠졌을 뿐만 아니라 좋은 잠자리까지 차지했다.

한 달 전부터 남자의 면회가 뚝 끊어졌다. 먹을거리가 떨어지자 진자의 목소리는 급속도로 잦아들었다. 미친년으로 돌변한 것은 일주일 전이었다. 나는 게거품을 물고 날뛰는 진자에게 남자의 연락처를 물었다. 어이없게도 진자가 내민 것은 달랑 핸드폰 번호뿐이었다. 떠돌이 생활을 하다 만난 터라 집도 없다고 했다. 가족, 친척, 친구, 지인도 없었다. 새로 나타난 종種처럼 남자에 대한 아무런 정보가 없었다. 남자는 전화를 받지 않았다.

어제 운동시간, 진자는 내게 쪽지를 내밀었다. 봄볕이 내리쬐는 담벼라 밑이었다. 다른 여자들이 볼까 얼른 주머니 속에 찔러넣었다. 마치 뒷거래를 하는 기분이 들어 나는 인상을 썼다. 진자의 마른 입술이 아니었다면 쪽지를 휴지통에 처넣었을 것이다. 며칠 동안 물도 제대로 못 마신 듯 입술이 갈라져 피가 나오고 있었다. 쪽지엔 백합장 모텔 305호란 글씨와 약도가 비뚤하게 그려져 있었다.

백합장 모텔은 114에도 등록이 되어 있지 않았다. 진자가 남자와 싸우고 홧김에 부탄가스를 흡입하다 검거된 모텔이었다. 그때까지만 해도 갈까 말까 망설였다. 진자의 교활함이 머리를 스쳤기 때문이었다. 갓 임용되어 근무할 때 진자에게 당한 일은 늘 그녀를 경계하게 만들었다. 남자에 대한 궁금증이 결국 내 발길을 옮기게 했다. 진자의 지겨운 울음소리를 멈추게 하고 싶다거나 면회를 오지 않는 진짜 이유를 알고 싶었던 것은 아니었다. 다만 새로운 희귀종의 모습이 보고 싶었을 뿐이었다. 아무런 희망이 없는, 감옥에 있는 여자의 뒤치다꺼리를 할 남자가 지구상에 존재할까. 지금까지 면회온 것만으로도 남자는 희귀종으로 분류되기에 충분했다.

　　진자가 알려준 풍물시장 뒤편은 오래된 주택단지였다. 어쩔 수 없이 나는 시장 안으로 들어갔다. 생선가게 주인에게 물었더니 귀찮은 듯 저쪽, 이라고만 하고 손님에게 눈을 돌려버렸다. 주인이 손짓한 저쪽을 향해 무작정 걸었다. 카페와 김밥나라, 피자헛, 미용실을 지나자 광장이 나왔다.

　　내가 이 도시에 정착한 지도 벌써 십 년이 넘었지만 교도소를 경계로 놓인 다리를 건너보지 못했단 사실을 새삼 떠올렸다. 어쩌다 있는 회식이나 석 달에 한번씩 가는 미용실, 한꺼번에 몰아사는 생필품들도 다리를 건너 해결하지 않았다. 양만 푸짐한 맛없는 음식을 먹을 때도 유통기간이 지난 캔들을 장바구니에 담을 때도 다리를 건널 생각을 하지 않았다. 굳이 이유를 찾자면 시설들 때문일 것이다. 누가 선이라도 그은 듯 내가 사는 다리 위쪽엔 혐오시설이라 불리는 건물들이 옹기종기 모여 있었다. 교도소를 위시하여 마리아집, 소년원, 갱생보호원, 장례에 식장, 도견장……. 역설적이게도 마을 이름이 '고운리'였다. 냄새나는 오물을 화려한 포장지로 은폐시킨 듯한 이름이라 생각했다. 마을을 걷고 있으면 혐오스런 한 인간이 어슬렁거리고 있는 듯한 착각이 들었다. 어느 누구와도 어울릴 수 없는 고독한 종이 된 것 같았다. 싫지 않은 느낌이었다.

나는 광장을 돌아왔던 길을 되짚었다. 이윽고 먹거리 골목이 나타났다. 닭갈비와 닭도리탕 간판을 지나자 다시 닭백숙, 닭칼국수 상호명이 나왔다. 닭이란 글자 때문인지 한 곳만을 빙글빙글 도는 듯했다. 순간 내 눈이 반짝했다. 찜닭 뒤편에 합장이란 간판이 눈에 들어왔다. '백' 자는 떨어져 나가고 없는 간판이었다. 나는 불이 들어오지 않은 간판을 흥분된 표정으로 어루만졌다. 벌써 날은 어둑해지고 있었다.

개씨부랄놈, 가버렸네. 모텔 주인인 노파가 남자를 발견했을 때 흔히 있는 일이라는 듯 대수롭지 않게 말했다. 남자는 모텔 305호실 침대에 얌전하게 누워 있었다. 나는 방안을 가득 채우고 있는 빈 소주병을 발로 밀며 남자 곁으로 갔다. 남자의 몸엔 온기가 없었다. 번쩍 뜬 눈은 할 말이 많은 듯했다. 입가로 꾸덕꾸덕한 음식물찌꺼기가 매달려 있었다. 진자가 알코올중독자라고 했던 말이 떠올랐다. 깡마르고 시커먼 얼굴빛 때문인지 깊은 병을 앓은 듯했다. 짓무르거나 역한 냄새가 없는 것으로 봐선 숨이 끊어진 지 얼마 되지 않은 것 같았다. 나는 생각지 못한 남자의 죽음 앞에 놀라기보다 맥이 빠졌다. 남자는 전혀 희귀종이라 할 수 없는 지극히 평범한 인간일 뿐이었다. 젊고, 잘생기고, 깔끔쟁이라고 때마다 진자가 자랑했던 남자의 모습은 어디에도 없었다. 지저분한 노인에 가까웠다. 섬뜩함도 느껴지지 않는 시신이었지만 왠지 머릿속이 복잡해졌다.

"왜 이제야 얘기를 하는 거예요. 정보는 함께 공유해야 된다구 그렇게 얘기했는데……."

내가 남자의 사망소식을 전하자 팀장은 발끈 화부터 냈다. 예상치 못한 사망에 놀란 것인지, 나보다 늦게 안 정보에 자존심이 상한 것인지, 아니면 진자에게 알려야 한다는 의지 때문인지, 자신의 복잡한 감정을 추스르지 못한 듯 책상 사이를 연신 왔다갔다했다. 괜히 얘기했다는 후회가 슬며시 들었다. 어차피 경찰에서 뒤처리를 할 일이었고, 자연스럽게 소식이 날아올 터였다. 그때쯤이면 진자는 이곳에 없을 것이다. 과장되게 고뇌에 찬 표정을 짓는 팀장의 꼴이, 교정교화를 부르짖는 일만큼이나 넌더리가 났다.

"귀휴를 신청하겠어요. 뭔가 감이 왔으니 저렇게 울었겠지. 진작 알아봤어야 하는 게 앞서가는 교도행정일 텐데!"

팀장의 말을 듣는 순간 피가 거꾸로 도는 것 같았다.

"안 돼요. 비밀로 해요."

나는 단호하게 말했다. 진자는 치료감호 칠년형을 받은 터라 이송신청이 돼 있었다. 지금 남자의 죽음을 알리면 자살하고 말 것이다. 그렇지 않아도 우울증이 있는 진자는 손목을 몇 번이나 그어 애를 먹인 적이 있었다. 전문인력과 치료장비가 갖춰진 치료감호소로 넘기는 게 책임 전가는 아닐 것이다. 줄줄이 이어져 나오는 내 말에 팀장은 듣는 둥 마는 둥 서류철만 뒤적였다.

"진자는 귀휴의 대상이 못 돼요. 동거녀란 거 모르시나!"

귀휴 신청은 법적 부부관계여야 했다. 나는 결정적인 한방을 날렸다는 기분에 가슴이 뻐근해졌다.

"풋! 완전 아날로그시네. 그래서 정보공유가 중요하다는 거예요."

혼인신고가 돼 있다고 팀장은 비웃듯 말했다. 뒤통수를 얻어맞은 기분이었다. 면회를 오는 남자에게 진자가 교묘하게 작업을 했을지도 모른다고 생각하자, 음흉스런 진자의 웃음이 귓가를 울리는 듯했다.

"설사 동거녀라 하더라도 귀휴를 보내주어야 하는 게 우리가 해야 하는 일 아니겠어요. 소장님도 제 뜻과 다르지 않을 거예요. 교정교화를 제일 우선순위에 둬야지……. 고객관리를 그렇게 해선 제대로 된 상품이 나오겠냐구요."

팀장의 말을 더 이상 들어줄 수가 없었다. 신경이 날카롭게 곤두섰다.

"도망가면 누가 책임질 건데. 철딱서니 없기는. 귀휴 가면 저 인간이 들어올 것 같애. 교정교화고 나발이고 우리만 개피 본다구. 교도소를 제 집이라 생각하는 인간을 어떻게 교정시킨다는 거야. 몸속에 유전인자가 박혀버린 종인 걸. 제발 그 개발바닥 핥는 소리 그만해서."

생전하지 않던 막말에 스스로도 놀랐다. 팀장도 놀랐는지 쉰소리를 내며 온몸을 부들부들 떨었다. 순간 나는 더 잔인해지고 싶어졌다. 내친김에 그간 눌러둔 감정들을 한꺼번에 쏟아냈다.

오랫동안 감독이 없던 이곳에 팀장이 온 것은 이태 전 겨울의 끝 무렵이었다. 갓 대학을 졸업하고 교정고시에 합격한 엘리트라고 했지만 내 눈에는 만만한 아랫동생쯤으로 보였다. 그러나 계급이 사람을 만들 듯 팀장은 빠르게 나의 자리를 탈환해 들어왔다. 책상을 빼앗고 결재란을 빼앗고 유니폼들의 교육실 단상을 빼앗았다. 이제는 여자들까지 팀장에게 빼앗기고 있었다.

나는 결재판을 가슴팍에 붙이고 쌩하니 나가는 팀장의 뒷모습을 가만히 쳐다봤다. 빳빳하게 다림질된 유니폼은 손이라도 대면 베일 듯 각이 져 있고 구두는 대리석마냥 반질거렸다. 어려움을 모르고 곱게만 자라 한 길밖에 모르는, 남의 말을 전혀 듣지 않는 고집센 계집애를 보는 듯했다. 근무 중에 신문 한 장 들춰보는 일 없이 오직 일에만 집중하는, 한마디로 매력 없는 종이었다. 일이라고 해봐야 대부분이 상담이었다. 상담실에 여자들을 데리고 들어가면 나오지를 않았다. 상담이 아니라 노가리에 가까웠다. 노가리를 까며 시시덕거리는 웃음소리가 상담실 밖으로 흘러나올 때면 내 신경은 극도로 날카로워졌다.

귀휴 심사가 열리기 전에 내 뜻을 소장에게 알려야 한다는 생각이 자꾸만 마음을 불편하게 했다. 하는 수 없이 의자를 바짝 당기고 소장 앞으로 메일을 썼다. 어떻게 하든 진자의 귀휴를 막아야 한다는 게 내 직감이었다. 소장이 담당 근무자의 직감 따위에 귀기울일 리 없겠지만 나는 오랫동안 근무한 경험과 진자의 연극적 성향에 대한 심리치료 자료를 첨부하여 메일을 전송시켰다. 팀장보다 메일이 먼저 도착할 것이다. 팀장이 곧바로 소장실에 올라갈 리는 없었다. 다른 동료 팀장들과 각

과장들을 만나 자기편 만들기 작업을 하겠지.

"진자가 맛이 갔어요."

점심배식을 하던 사동舍洞 봉사원이 숨을 헐떡이며 말했다. 나는 빠른 걸음으로 13방 앞으로 갔다. 복도에 가득 찬 청국장 냄새가 속을 울렁거리게 했다. 발효를 잘못시킨 청국장은 시궁창 냄새에 가까웠다. 방안에 붙어 있는, 활짝 열린 화장실 문으로 진자가 보였다. 엉덩이를 훤히 드러내고 히죽히죽 웃고 있었다. 변기에 앉아 누군가와 말을 하듯 창밖을 향해 웅얼거렸다. 한 시간이나 저렇게 하고 있다고 방 여자들은 한마디씩 쏘아붙였다. 먹을거리가 넘쳐날 때 진자에게 보내던 살가움은 찾아볼 수 없었다. 하나같이 허리에 손을 얹고 더러운 오물을 앞에 둔 듯 씩씩거렸다. 나는 철격자 사이로 진자를 잠자코 바라봤다. 남자가 저승을 가기 전 이곳으로 오지 않았을까 하는 생각을 잠깐 했다. 순간 나와 눈이 마주친 진자는 바지도 올리지 않은 채 화장실에서 미친 듯이 뛰어나왔다. 그 바람에 허연 엉덩이가 여자들의 밥상 위에 놓인 꼴이 되고 말았다. 여자들은 질급을 하며 진자를 밀쳐냈다.

"씨발새끼, 미숙이 년과 도망간 게 확실해. 내 짐, 내 비싼 옷들은 어떻게 한 거지?"

어이없는 진자의 말에 나는 한숨을 내쉬었다. 미숙이는 남자의 옛 애인이었다. 남자의 발길이 뜸해질 무렵 입버릇처럼 처죽일년이라고 진자의 입에 처형당한 여자였다.

"쯧쯧, 상상력이 아주 맹탕이구나. 밥이나 먹어. 기운을 차려야 네 옷도 찾고 미숙이년도 처단할 거 아냐."

내 말이 떨어지자마자 진자는 또 울기 시작했다. 음울하고 축축한 울음소리가 방안과 복도를 지나 건물 밖으로 퍼져나갔다. 뒤돌아서는 발걸음이 무거웠다. 사실을 말해주고 귀휴를 신청하는 게 낫지 않을까, 남자의 저승길을 배웅해주는 것이 마음정리하는 데 더 도움이 되지 않을까. 나는 고개를 흔들었다. 모든 게 쇼일지 모른단 생각이 들었다. 진자에게 남자는 사랑으로 포장된 징역살이의 자금줄에 불과할 것이다. 교활했던 진자의 모습이 머리를 스쳤다.

내가 처음 진자를 만났을 때였다. 전과 5범을 달고 이곳에 들어온 진자는 나를 아래위로 훑어내렸다. 흠! 홍어좆이네, 라며 마치 관상쟁이처럼 거드름을 피웠다. 임용된 지 얼마 되지 않은 탓에 나는 진자의 말에 신경 쓰지 않았다. 신입카드를 작성하느라 정신이 없기도 했다. 귀중품들은 특별보관함에 넣어두기 때문에 진자의 반지를 빼내 봉투에 담았다. 도금된 싸구려 반지였다. 내가 황색반지 한 쌍이라고 기록을 하자 갑자기 진자가 소리를 빽, 질러댔다. 금반지라고 홍어좆이 자기를 무시한다며 길길이 날뛰었다. 당황한 나는 황색을 지우고 금반지로 다시 썼다. 결국 출소 때 문제가 불거지고 말았다. 진자는 금반지 내놔라고 생떼를 썼다. 상황설명을 반복하다 지친 나는 지갑을 털어 금반지 값을 주고 말았다. 입꼬리를 올리고 유유히 교도소 문을 빠져나갔던 진자는 얼마 지나지 않아 다시 들어왔다. 들어올 때마다 나와 거래를 하려 들었다. 여자들이 칼을 만들어 숨겨놓은 곳을 알려줄 테니 떡갈비를 사달라, 말썽부리지 않고 잘 생활할 테니 영치금을 넣어달라는 따위의 치졸한 거래들.

　보라미 안에 진자의 동태시찰일지를 기록했다. 동물이나 식물의 관찰일기를 쓰듯 세밀하게 기록했다. 육하원칙으로 일관된 다른 유니폼들의 기록과는 판이하게 달랐다. 고고학을 전공한 탐험가의 꿈을 버릴 수 없기 때문인지도 모르겠다. 아버지의 실직으로 삶의 방향을 틀었지만 나는 언제나 갈라파고스 제도로 가서 여러 섬을 탐험하는 꿈을 꿨다. 이집트 피라미드에서 트로이의 성벽으로, 사해 기슭의 황야에서 봄베이의 매음굴로, 중국 만리장성에서 태평양의 이스터 섬까지 수천 킬로미터의 공간과 수천 년의 시간을 오가는 꿈을 밤마다 꿨다. 소설 쓰고 있네, 라고 세밀한 동태시찰일지를 결재하던 소장이 빈정거렸지만 한번도 그런 일로 부른 적은 없었다. 술자리에서 동료가 전해준 말일 뿐이었다. 소장이나 과장도 함부로 나를 건들진 못했다. 어디로 튈 줄 모르는 엉뚱함 때문일 것이다. '상상력이 풍부한 범죄유형들'이나 '멸종 위기에 처한 재소자 종들' 따위의 글을 종종 본부 홈페이지에 올리곤 했다. 진심으로 대화하고 싶어 쓴 글이었다. 그러나 범죄를 조장하는 똘끼 아냐, 술 처먹었느냐 따위의 비난 댓글만 주렁주렁 달렸다. 솔직히 야근날 캐비닛 안에 보관하고 있던 술을 꺼내 마시고 쓴 글이긴 했다. 술 마시고 쓴 글들은 소장의 입장을 곤란하게 만들고 말았다.

　자판을 두드리던 손을 멈추고 자리에서 일어섰다. 강화 유리문을 열고 밖으로 나오자 봄볕이 정원에 쏟아지고 있었다. 정원이라기보다 한 떼기 밭에 가까웠다. 작년 가을, 팀장이 홍매화와 수수꽃다리 등 몇 그루의 꽃나무만 남기고 땅을 갈아엎을 때 나는 벼락같이 화를 냈다. 꽃잔디와 대추나무, 감나무, 배나무 따위의 유실수들은 내가 심은 것들이었다. 팀장은 외부 인부들을 불러들여 사정없이 나무에 전기톱을 들이댔다. 키가 큰 나무는 보안장애물이란 이유를 들며 꽃밭을 순식간에 점령했다. 나는 최후의 보루지역마저 빼앗긴 듯 허탈감에 몸을 떨었다.

밭에 눈을 꽂았다. 이랑마다 방 표시가 된 팻말이 세워져 있었다. 두 이랑씩 분양한 밭에 상추가 파릇하게 올라와 있었다. 음지 탓인지 진자의 방인 13팻말에는 아직 푸른 기운이 없었다. 진자의 손에 여린 상추잎을 올려놓긴 글렀다. 땅을 일구고 씨앗을 뿌리는 여자들의 모습에서 팀장은 진화를 꿈꿨을까. 이른 봄부터 팀장은 여자들을 볶아댔다. 종묘가게에서 직접 사온 상추씨를 안기며 밭을 일구게 했다. 척박한 땅에서 올라온 연둣빛의 여린 상추잎이 여자들의 마음을 순하게 할까. 헛웃음이 나왔다. 아마도 여자들은 파릇한 상추를 하루 빨리 훔쳐 먹고 싶은 맘에 달떠 있을 것이다. 팀장이 꽃밭을 갈아엎고 상추밭을 일군 진짜 이유는 다른 데 있을지도 몰랐다. 실적 쌓기. 하루 빨리 승진을 하고 싶은 욕망을 깊숙이 감추고 있다는 것을 나는 알았다. 잘 가꾸어진 상추밭을 카메라에 담아 본부 홈페이지에 올릴 팀장을 떠올리자 입안이 깔깔해졌다.

나는 마을 산책을 즐겼다. 퇴근 후 마땅히 할 일이 없기도 했다. 어슬렁거리는 게 유일한 할 일이었다. 어느 날, 시설물들 사이를 걷다 한 인간의 표본을 그려낼 수 있었다. 고아로 마리아집에서 태어나 소년원과 교도소, 갱생보호소를 거쳐 시립공동묘지에 묻히는 인간. 그 표본의 정점에 진자가 있었다. 하루핀으로 심장을 찔러 상자에 넣어 둔 매미나 잠자리를 의미하는 것이 아니었다. 나는 표본에 생명을 넣고 싶었다. 진자의 말에 귀를 기울였고, 진심으로 칭찬했다. 좋은 책들을 넣어주었고 취업을 알선해줬다. 그러나 진자의 진화는 환상일 뿐이었다. 그것을 깨닫는 데는 오랜 시간이 걸리지 않았다. 육 개월도 지나지 않아 또 들어왔을 때 나는 유전자 결함이란 결론에 이르렀다.

고개를 들자 높다란 회벽 너머로 흐릿하게 산이 보였다. 산 밑에는 마리아집과 시립공동묘지가 있었다. 문득 지금쯤 남자는 화장되어 공동묘지로 가지 않을까란 생각이 들었다.


"비밀을 사수하라고 하네요."

소장실에 다녀온 팀장은 결재판을 책상으로 던지며 짜증스럽게 말했다. 삼 일 뒤 이송을 보낼 것이고 보안유지를 지시했다. 나는 좋지도 나쁘지도 않은 묘한 기분에 휩싸였다.

"우리의 밥줄이 달린 문제야! 진자가 알면 자살하고 말 거야."

나는 교육실 단상으로 올라가 느슨해진 유니폼들의 마음을 다잡았다. 비현실적으로 들리는지 모두들 멀뚱멀뚱 눈만 굴렸다. 자살한 사람을 보지 못했으니 당연할 것이다. 나는 다른 교도소에서 있었던 사례들을 하나씩 들려줬다. 컵라면이 풀리지도 않을, 짧은 시간에 숨이 끊어지는 게 목매는 일이다, 우리가 파면 당하는 것은 목매는 일만큼 순간이다. 내 목소리가 점점 경직될수록 분위기가 서늘해졌다. 첫째 끈 제기 철저, 둘째 통방 근절 철저, 셋째 계호 철저……. 목소리는 어느새 훈련병 조교를 닮아가고 있었다. 어디선가 픽 웃음소리가 났다. 내가 눈을 가늘게 뜨자 유니폼들은 금세 고개를 숙였다. 분명 철저라는 말 때문일 것이다. 이곳에선 철저란 말을 빼면 밍밍하기 짝이 없었다. 그 단어를 생략하면 금방이라도 난동이나 탈옥수가 생길 것 같았다. 나는 강한, 썩지 않을 방부제 같은 단어를 일부러 골라 썼다. 위험을 알리고 경각심을 불러일으키기에 이만한 것도 없다고 생각했다.

13방의 여자들을 운동장으로 몰아냈다. 수시로 하는 방 검사였다. 팀장은 진자를 상담한다며 아까부터 상담실에서 나오지 않았다. 비릿한 냄새가 방안에 고여 있었다. 생리하는 여자들이 많을 때 나는 냄새였다. 유니폼들은 의류대 안의 물건들을 쏟아 긴 것은 모조리 뺐다. 긴 양말, 긴 수건, 긴 양말, 메리야스, 브래지어, 셔츠 심지어 과자봉지까지 빼냈다. 방문 앞에 수북하게 빼낸 물품이 차오르는 것을 보며 나는 진자의 사물함을 뒤졌다. 증거를 수집하는 형사처럼, 과거를 복원하는 고고학자처럼 손놀림은 조심스러웠다. 사물함에는 달랑 두 켤레의 고무장갑만 있었다. 날마다 오던 그 많던 편지들이 하나도 없었다. 어제까지만 해도 남자의 편지를 읽으며 훌쩍였는데……. 나는 고무장갑을 뺄까 손에 쥐었다가 가만히 내려놓았다.

"목을 달겠대요. 날을 정했다, 하네요."

팀장은 무슨 결혼식 날짜를 잡았다는 듯이 진자와 상담한 내용을 전했다. 미자년과 바람난 게 분명하다, 바람맞은 년이 살아서 뭐하겠느냐고. 나는 팀장의 얼굴을 찬찬히 살폈다. 조금 전 나에게 한 얘기를 그대로 팀장에게 읊을 진자가 아니었다.

"진 주임님!"

나를 부르는 팀장의 목소리가 간드러졌다. 뻗은 앞니 때문인지 웃는 모습이 밉상이었다.

"어쩌죠. 진 주임 날 죽겠다고 하네요. 인기관리 좀 하셔야겠어요."

"진자가 사람 볼 줄 아네. 특진 준비를 해야겠어!"

나는 곤두서는 신경을 누르고 심드렁하게 말했다. 벌겋게 달아오르는 팀장의 얼굴을 노려보며 의자를 앞쪽으로 돌렸다. 뒤통수가 따가웠다. 하필이면 책상 위치가 팀장 바로 앞인지.


마리아집으로 올라가는 길은 가팔랐다. 경찰에 갔을 때 이미 남자는 화장한 상태였다. 남자의 시신처리를 빠르게 진행시킨 것 같았다. 질식사가 아니라 간암말기라고 전한 형사의 말이 자꾸만 발치에 걸렸다. 마리아집 마당엔 아름드리 목련나무가 부푼 꽃망울을 달고 서 있었다. 그 아래 벤치 여기저기에 배가 불룩하게 나온 여자애들이 우두커니 앉아 있었다. 눈이 시렸다. 여자애들과 진자의 생모 모습이 겹쳐졌다. 보라미엔 진자가 이곳에서 태어나 다른 지방으로 입양된 것으로 기록되어 있었다. 연어의 회귀본능처럼 진자는 세상을 떠돌다 이곳으로 찾아들었다. 절도나 취업사기, 유해화학흡입 따위의 죄명을 달고서.

오솔길로 들어섰다. 생강나무에서 뿜어지는 알싸한 냄새가 코끝을 간질였다. 둔덕 위로 올라서자 크고 작은 무덤들이 저녁 어스름에 잠들어 있었다. 축축한 흙이 보이는 무덤으로 향했다. 아무렇게나 꽂혀 있는 조잡한 아크릴판을 물끄러미 내려다봤다. 이상태란 이름이 휘갈겨

써져 있었다. 비라도 맞으면 금방 지워질 이름이었다. 한 인간의 죽음이라기보다 짐승에 가까운 죽음. 나는 천천히 무덤 앞에 앉았다. 흙을 만지며 정신을 집중시켰다. 진자와 남자의 관계가 내내 석연치 않았다. 경찰은 남자의 통장에 있던 돈이 모두 진자의 영치금으로 들어간 셈이라고 했다. 기초생활보호대상자라 달마다 보조금이 나왔는데도 완전 개털이라 했다. 바람 한 줄기가 이마를 쓸었다. 갑자기 외기의 기운처럼 몸이 오싹해졌다. 간암과 영치금. 두 가지 사이에 뭔가 있을 것 같은데 생각이 잘 떠오르지 않았다.

사동舍洞은 조용했다. 오늘밤만 넘기면 됐다. 낼 아침 일찍 진자는 이송을 갈 것이다. 갓 올라온 어린 상추잎을 찢어놓을 듯 바람이 세게 불었다. 창문까지 흔들어 의자에 앉아 있던 몸을 자꾸만 뒤돌아보게 했다. 나는 허리를 곧추세우고 보라미 속을 뒤졌다. 새로 들어온 인물들이 열 명이나 됐다. 사건내용과 가족사항, 가족병력, 범수 같은 것을 세심하게 살폈다. 독창적인 범죄를 발견할 수 없어 아쉬웠다.

목을 달겠다던 진자는 일찌감치 자리를 펴고 누워 팀장의 말을 무색하게 만들었다. 컴퓨터 맨 아래의 디지털시계는 새벽 두 시 십 분을 나타내고 있었다. 천천히 의자에서 일어나 캐비닛 문을 열었다. 수건 속에 숨겨져 있는 술병을 꺼내 한 모금을 털어넣었다. 목줄기를 타고 내려가는 알코올이 찌릿하게 속을 태웠다. 병째 두 모금을 더 마신 다음 캐비닛을 잠갔다. 문득 팀장이 이 사실을 알면 어떤 표정을 지을까, 싶었다. 제대로 한 건 잡았다고 회심의 미소를 짓겠지. 앓던 이를 뽑아낸

듯 통쾌해할까.

복도를 걷는 발걸음이 가볍게 떴다. 다른 공간으로 이동한 느낌. 이 기분에 종종 술을 마셨다. 방마다 자고 있는 여자들의 얼굴을 뚫어져라 들여다본다. 아침점검 때와는 사뭇 다른 느낌이었다. 딱딱하게 굳어진 머릿속에 물기가 도는 듯했다. 입을 벌리고 자는 여자, 모로 누워 인상을 쓰고 자는 여자, 베개를 안고 자는 여자, 이불을 머리끝까지 뒤집어쓰고 자는 여자……. 여자들의 자는 모습을 하나씩 보고 있자니 쓸쓸함이 밀려들었다. 여자들은 길을 잃고 잘못 찾아든 외계인들이 아닐까. 운명의 회로를 따라 이곳으로 모여든 것일지도.

갑자기 머리카락이 뜯겨나갈 것 같았다. 철격자 사이로 머리카락을 움켜쥔 손이 진자란 것을 직감했다. 일찌감치 잠자리를 폈던 것도 눈속임이었구나란 생각이 스치자 술기운이 확 달아났다. 남자의 간암과 영치금 사이에 있을 뭔가가 선명하게 떠올랐다.

귀휴!

이제야 진자의 진짜 속을 캐냈다. 입소할 때 진자는 남자의 죽음을 예감했을 것이다. 징역 칠년형은 진자의 숨통을 막았겠지. 그래서 말기암을 앓고 있는 남자의 죽음을 노렸을 것이다. 더군다나 혼인신고까지 하는 치밀함을 보이지 않았던가. 3박 4일의 귀휴는 진자가 세상 어디에라도 숨고도 남을 시간일 것이다.

내가 진자의 손목을 틀어쥐려하자 어느새 목이 조여왔다. 고무장갑 냄새가 역겨웠다. 진자의 사물함 속에 있던 고무장갑을 빼지 않은 탓이었다. 진자의 손을 휘어잡아보지만 역부족이었다. 방 여기저기서 낮게

코고는 소리만 들릴 뿐.

"왜 남의 인생에 끼어들어. 귀휴 나가면 진짜 인생을 살아보려 했는데……. 팀장 년이 다 말했어. 네 년 때문에 귀휴가 끝장났다고."

진자는 내 귀에 입술을 대고 뜨겁고 독한 말을 쏟아냈다. 비밀은 엉뚱한 곳에서 새어나갔단 말인가. 팀장은 진자에게 모든 것을 고자질한 셈이다. 진자의 귀휴도 상추밭과 마찬가지로 자신의 실적 쌓기일 것이다. 실적 쌓기에 실패한 팀장의 입에서 어떤 말이 나왔을지는 뻔했다.

내가 몸을 움직일수록 목이 더욱 조여왔다. 소리를 치거나 진자를 어떻게 해볼 맘이 생기지 않았다. 눈앞이 흐릿해졌다. 내가 보라미 속으로 들어가고 있는 듯했다. 발이 지워지고 몸통과 팔, 얼굴이 차츰 지워졌다. 바람과 햇빛과 물로 생육된 시간을 지나 아주 더 아득한 시간 속으로 들어갔다. 기억할 수 없는 먼 시간 속, 보라미 지층의 또 다른 종으로.  □

# 노마드 애인

## 노마드 애인

   핸드폰 액정화면이 깨졌다. 어제 구입한 새 핸드폰이었다. 화면을 제대로 볼 수 없을 정도로 망가졌다. 매끈하고 반짝였던 새 것의 냄새는 흔적도 없었다. 소변을 보기 위해 손에 든 핸드폰을 휴지걸이 위에 올려둘 때만 해도 의심하지 않았다. 커다란 두루마리 휴지가 문제였다. 소변을 보고 난 뒤 휴지를 뜯어내려하자 둔탁하게 돌아가던 휴지뭉치의 반동이 핸드폰에 닿았다. 순식간에 바닥으로 곤두박질치는 핸드폰을 어이없이 바라볼 수밖에 없었다. 그녀는 팬티를 올리는 것도 잊은 채 깨진 액정화면을 손으로 쓸었다. 손끝에 닿는 까칠한 감촉이 짜증을 솟구치게 했다. 모든 게 문자 때문이라 생각했다. 아침 출근길 아파트 계단에서 넘어진 것도, 경찰에게 안전벨트 미착용 스티커를 받은 것도, 구두 뒤축이 까진 것도!

   문자가 도착한 건 아침이었다. 침대에서 겨우 몸을 빼내 냉수를 한 잔 마시려할 때 문자 수신음이 울렸다. 눈을 비비며 식탁 위의 핸드폰을 봤다. 드디어 아빠가 됐어. 기뻐해줄 거지. 재의 문자였다. 한 달 만에 온 문자치고는 너무 불손했다. 안부 인사 한마디 없이 훅 들어온 문자에 갑자기 돌이라도 맞은 기분이었다. 더군다나 점액질이 묻어날 것 같은 문자라니. 평소 그의 문자는 짧고 건조했다. 그녀는 눈을 끔뻑이며 오랫동안 문자를 쳐다봤다.

*

일이 손에 잡히지 않았다. 깨진 핸드폰 액정화면 때문인지 재의 문자 때문인지 좀처럼 일에 집중할 수가 없었다. 오백 명이 넘는 직원들의 식단을 짜고, 싸고 좋은 물건들을 사기 위해 기관홍보를 하고, 미끼를 문 업체들을 경쟁시켜 더 싼 가격을 받아낼 수 있도록 입찰하는 게 그녀의 일이었다. 교정공무원 6급 영양사가 하는 일이 그랬다. 1톤 트럭 가득 먹을거리가 실린 차량을 보면 백악기 공룡이 살아난 듯한 착각이 들곤 했다.

"일하기 싫어?"

과장이 파일을 던지며 소리치는 바람에 정신을 차렸다. 결재 올린 입찰 대상업체 파일이 지난 달 거였다. 눈 감고도 할 수 있는 일을 실수했다. 자존심이 상하기보다 헛웃음이 나왔다. 담배 생각이 간절했다. 담배는 재가 가르쳐줬다. 재는 이제 담배를 피우지 않았다. 건강한 정자를 만들기 위해서일 것이다.

담배 대신 커피머신에서 에스프레소 한 잔을 내렸다. 한 모금을 천천히 삼켰다. 에스프레소의 첫 맛은 관능의 맛이었다. 첫 모금을 삼키는 순간 눈을 감게 하고 동시에 재를 떠올리게 했다. 뜨겁고 독하고 쓰면서도 향기로운 맛. 마지막 모금에선 늘 진저리를 치면서도 금방 다시 그리워지는 맛. 재가 그랬다. 사무실 앞 벤치에 앉아 하늘을 처다봤다. 높은 하늘에 잠자리가 날아다녔다. 지독했던 여름이 거짓말 같았다. 가슴이 싸해졌다. 재가 정말 아기를 가진 것일까. 결혼을 하고 벌써 사 년이 지났어도 임신소식은 들려오지 않았다. 내심 안도했던 그녀의 마음을 알 수 없었다. 결혼하면 아기 낳는 것이 당연하고 자연스러운 일일 텐데 그녀는 받아들일 수 없었다. 터무니없는 자신의 생각에 한숨이 나왔다. 알 수 없는 감정이 가슴 밑바닥에서 끓어올랐다. 재가 결혼한다는 소식을 들었을 때도 그랬던가. 그녀는 남은 에스프레소를 마저 삼켰다.

*

재는 잘 웃었다. 신입직원들을 위한 회식자리에서였다. 그녀 앞에 앉아 있던 재가 눈에 들어온 것은 몇 번의 술이 돌고 삼겹살에서 항정살로 바뀔 때였다. 서른 명이 넘는 부서원들이 여기저기에서 두서없이 말을 했던 터라 얼핏 보면 싸우는 것 같았다. 그녀도 취기가 올랐다. 평소 말이 없던 그녀도 술이 식도를 타고 내려가 장기를 데울 때쯤 말이 많아졌다. 불판에 지글지글 항정살이 타면서 피워올린 연기로 가게 안은 뿌옜다.

술맛 난다, 돌근육의 아이돌 좀 봐. 햅반이 한 잔 가득 술을 채우며 눈을 찡긋했다. 오드리 헵번 근처에도 가지 않은 얼굴인데도 헵번을 고집하는 선배였다. 신상카드에서 본명을 본 날 그녀는 웃음을 참느라 애를 먹었다. 오고자. 이름 때문에 인생이 꼬였다고 입버릇처럼 말하던 선배는 어느 날 통통 부은 눈을 하고 나타났다. 앞트임, 옆트임, 지방절개 따위의 온갖 쌍꺼풀 수술법으로 고양이 눈을 만들어왔다. 오고자에서 오드리 헵번으로 다시 태어난 날이야. 축하해줘. 가슴 가득 소주병을 안고 아파트 문 앞에 서 있던 선배는 아이 둘을 둔 이혼녀였다. 헵번이 햅반으로 불린 것은 순식간이었다. 방부제가 잔뜩 들어간 햇반이 훨씬 잘 어울린다고 직원들이 입을 모았기 때문이다. 발음 때문인지 헵번의 흔적을 남기기 위해서인지 자연스럽게 햅반이 됐다.

그녀가 잔을 비우자 재가 상추쌈을 내밀었다. 아무리 나이어린 직원이라지만 그 앞에서 입을 벌릴 수는 없었다. 그녀는 얼굴을 붉히며 손사래를 쳤다. 재는 입을 벌릴 때까지 손을 뻗고 있을 기세였다. 못이기는 척 그녀는 입을 벌렸다. 연한 상추와 깻잎, 졸깃한 고깃살, 파절임, 무채, 김치 따위가 씹을 때마다 독특한 맛을 냈다. 이제까지 맛보지 못한 맛이었다. 어쩌면 재의 웃음 때문인지도 모르겠다. 재의 웃음은 헤프지도 과장되지도 않았다. 작은 눈이 초승달처럼 휘어지고 길게 뻗은 코 밑으로 하얀 치열이 알전구 빛에 반짝였다. 입꼬리에 살짝 찬 기운이 서린 듯한 미소는 마치 겨울 밤하늘을 보고 있는 느낌이었다.


"발품을 팔아야지. 쯧쯧."

과장의 혀차는 소리를 뒤로 하고 자동차 키를 들고 나왔다. 과장은 그녀가 시장조사를 인터넷으로 하는 것을 못마땅해했다. 그러거나 말거나 조사방식을 바꾸지 않던 그녀였다. 과장의 뜻을 따르기 위해 나선 것은 아니었다. 바닷바람을 쐬고 싶었다. 마트 세 곳을 건성으로 돌고 바다 쪽으로 차를 돌렸다. 차창을 열자 짠내가 밀고 들어왔다. G시의 공기는 십 년이 넘었는데도 익숙해지지 않았다. 모든 것이 풍요로운 도시였다. 해산물이 풍부해 먹을거리가 싸고 맛있었다. 땅이 기름져 옥수수, 감자, 고구마, 수박, 참외 등은 알이 굵고 당도가 높았다. 가로수 수종마저 감나무와 사과나무였던 터라 가을엔 천지간이 풍요로웠다. 그녀는 탐스럽게 익어가는 길가의 감나무들을 천천히 지나갔다. 도시가 풍성해질수록 그녀는 바삭 말라가는 것 같았다.

서울에서만 살았던 그녀가 지방으로 발령이 나자 친구들은 하나같이 환호성을 질렀다. 바다와 싱싱한 회, 원시림을 떠올렸다기보다 부담없이 휴가를 즐길 수 있었기 때문이었다. 그녀의 집은 여름마다 게스트하우스가 됐다. 친구들은 떼로 몰려왔다. 해가 갈수록 아이와 남편까지 가족을 늘려왔다. 집에 대한 환상을 버릴 수 없었던 그녀는 넓고 쾌적한 집을 구하는 데 혈안이 됐다. 직장을 다니면서 가장 먼저한 일도 청약저축을 드는 일이었다. 매달 쌓이는 통장을 보면 가슴이 뿌듯해지기도 했다. 집에 집착했던 시절들이 손가락 사이로 빠져나가는 듯했다.

모래사장에는 가을볕이 내리쬐고 있었다. 네이비색 바다는 조용했다. 좀 더 바다 가까이로 다가갔다. 발바닥으로 전해지는 부드러운 모래결을 애써 쿡쿡 눌렀다. 그녀는 주머니를 뒤적였다. 아무것도 없는 주머니였지만 뭔가를 찾았다. 이제 더 이상 수장시킬 재의 물건도 없는데 손은 분주했다. 재가 여자 친구의 가족들과 상견례를 하러갔을 때, 결혼식을 마치고 신혼여행을 떠났을 때, 유난히 시계를 자주 보고 핸드폰을 만지작거리며 데이트를 했을 때마다 그녀는 이곳으로 왔다. 해안가를 따라 즐비한 해송 숲을 거닐고 나무벤치에 앉아 짙푸른 바다를 오랫동안 바라봤다. 마치 의식을 치르는 제사장처럼 천천히 일어나 모래사장을 밟고 바다 가까이로 갔다. 재의 물건들을 하나씩 수장시켰다.

재가 생일선물로 사준 머리핀, 출장을 다녀오며 사온 만년필, 자신의 고향에서 가져온 조약돌, 금속 책갈피, 펜던트……. 파도에 떠밀려 멀리 사라지는 물건들을 바라보노라면 수장이 아니라 방생을 한 느낌이 들곤 했다.

유치하게 굴지 마. 일주일도 지나지 않아 온 재의 문자는 마치 그녀가 한 짓을 다 알고 있는 듯했다. 그럴 때면 하룻밤 새 지형지물이 변해버리는 사막처럼 그녀의 마음은 재에게 스며들고 말았다. 진흙을 모아 반듯한 벽돌을 만들어 튼튼한 집을 지으려하지 않았다.

그녀는 손으로 모래를 쓸었다. 낙타를 몰고 사막을 몇 날 며칠 건너온 듯 목이 탔다. 손에 잡힌 조약돌 하나를 힘껏 던졌다. 돌은 바닷물에 빠지지 못하고 가장자리에 떨어졌다. 잔물결에 닿을 듯 말 듯했다. 마치 그녀의 처지를 상징적으로 보여주는 것 같아 마음이 시렸다.

불현듯 재의 아내가 떠올랐다. 결혼하기 전 가족동반 직장야유회에서였다. 예쁜 얼굴은 아니었지만 이목구비가 반듯하고 조그만 손을 가졌던 여자. 작은 손으로 재의 옷을 매만지고 있는 것을 힐끗 보았다. 깔끔하게 집 청소를 하고 행주와 걸레를 삶아 빨아 햇볕에 말리고 맛깔스런 반찬을 상에 올릴 손이었다. 아담한 여자의 몸속에 생명이 자라고 있을 생각을 하니 가슴이 따끔거렸다.

재의 아이를 갖고 싶어 안달했던 적이 있었다. 세상을 재미없고 시시하게 보는 재. 사람 많은 곳을 질색하고 도서관이나 박물관을 좋아하는 재. 적요롭고 눅눅한 무덤 냄새를 품고 있던 재. 그녀는 무덤에 파릇한 잔디를 피워올리고 싶었다. 새들이 지저귀고 밝은 햇살이 가득한 무덤을 만들기 위해 그녀는 재의 몸을 탐했다. 꼬박꼬박 생리대를 적시는 생리혈을 볼 때마다 쓸쓸했다. 자궁은 튼튼합니다, 초초해진 그녀가 산부인과를 찾아갔을 때 의사가 말했다. 그 말은 건강한 아이를 출산한 산모에게 하는 말 같았다.

*

"노르웨이 감옥 같네."

재는 호텔 객실을 한 바퀴 둘러본 뒤 시큰둥하게 말했다. 노르웨이 근처에도 가보지 않은 그의 말에 그녀는 코웃음을 쳤다. 그렇다고 그 말에 기분 상한 것은 아니었다. 그녀도 비슷한 느낌이었다. 신발을 벗는 현관은 너무 좁고 옷장은 지나치게 크고 칙칙한 색상의 원목이었다. 수납장 안에 냉장고와 커피포드가 들어 있어 사용하기 불편했다. 그녀는 자신도 모르게 솟아오르는 쓸쓸함을 꾹 눌렀다. 끝장을 내기에 감옥보다 좋은 곳이 어디 있겠는가.

일주일 전 그녀는 재에게 문자를 보냈다. 망설이다 다 놓친다는 햅반의 말 때문이었다. 햅반은 핸드폰을 들고 왔다갔다하는 그녀의 어깨를 툭 치며 말했다. 어쩐지 그 말이 맞는 것 같았다. 답은 1박 2일 만에 왔다. 그러자, 달랑 한마디뿐이었다. 모래알이 입으로 들어온 듯 까끌했다. 그녀는 재답다고 생각했다. 짧고 건조한 문자.

인터넷에서 유럽풍의 고급 호텔이라고 호들갑만 떨지 않아도, 햅반이 한마디를 거들지 않았어도 예약하지 않았을 방이었다. 잔업 핑계를 대고 사무실에 남아 호텔 검색을 할 때 햅반이 들어왔다. 손에 만두와 초밥을 들고서. 순환보직이라 가족과 떨어져 생활하고 있던 햅반은 자주 그녀에게 왔다. 노처녀인 그녀를 안타까워하다가도 종국엔 결혼 금지령을 내렸다.

컴퓨터 화면 가득 호텔 객실이 슬라이드로 넘어가고 있었다. 그녀는 호주로 이민간 친구가 온다고 거짓말을 할 수밖에 없었다. 종종 그 친구 얘기를 했기 때문인지 햅반은 믿는 눈치였다. 재와의 관계는 전혀 눈치채지 못했다. 재가 결혼을 하고 다른 직장으로 옮길 때에도 무관심한 직원으로 인식시켰다. 재는 삼 년쯤 이곳에 근무하다 이직했던 터라 기억하는 사람들은 드물었다. 더군다나 십 년이라는 나이 차이는 어느 누구에게도 의심을 받을 사이가 아니었다. 함께 밥을 먹거나 등산을 가거나 카페에서 차를 마셔도 대수롭게 생각하지 않았다. 소문이 빛의 속도로 퍼지는 직장인데도 그랬다. 나이는 든든한 보호막이 돼주기에 충분했다. 적어도 재와 잠을 자기 전까지.

락희, 이름 좋네. 그녀가 호텔 선택을 못하고 있자 햅반이 밀어붙였다. 뭐든 밀어붙이길 잘하는 햅반이었다.

재는 옷을 입은 채 침대에 누웠다. 병든 개처럼 침대에 늘어져 있는 꼴에 그녀는 눈살을 찌푸렸다. 삼 개월 만의 만남이었다. 안아주거나 입맞춤까지는 기대하지 않았다. 재가 결혼을 하고도 아슬하게 연결되는 관계에 그녀는 안도했고 동시에 넌덜머리를 냈다. 알 수 없는 감정에 자주 화를 내기도 했다.

"난 네게 뭐니?"

피곤하다며 침대로 몸을 던지는 그를 보며 그녀는 적의를 드러냈다.

"왜?"

베개에 파묻은 얼굴을 든 재의 입꼬리엔 장난기가 묻어 있었다.

"구질구질해. 빨리 말해. 죽어버리기 전에."

그의 목에 칼을 겨눈 전사처럼 그녀는 다그쳤다. 약을 올리듯 재는 슬그머니 베개를 당겨 다시 얼굴을 묻었다.

"노마드 애인."

심드렁하게 말하는 재와 달리 그녀의 신경은 곤두섰다. 딱 맞는 말을 했기 때문인지도 모르겠다. 있어도 없어도 그만인 액세서리쯤이란 뜻이다. 목적 없이 만나고 헤어지는, 기분 내키는 대로 막해도 되는 사이. 네 것 내 것 경계가 없는 유목민들처럼 자유롭다는 의미일 수도 있었다.

문득 그가 신들의 여행지가 어디인가를 물었던 것이 생각났다. 그가 시험에 떨어진 날이었다. 크리스마스가 며칠 남지 않은 도시의 밤은 사람들로 북새통을 이뤘다. 그녀는 술을 사주겠다고 그에게 문자를 보냈다. 시험은 언제나 사람들의 기를 죽이지 않던가. 그가 보내온 답문은 그러시던가요, 였다. 그녀는 한참 문자를 쳐다봤다. 자존심 강한 그가 민망해서 그렇게 표현했다고 이해했다. 그녀는 특수직으로 분류되어 일찌감치 시험에서 벗어나 있었다. 일 년에 한번씩 치르는 승진시험에 직원들은 서로가 적이 됐다.

예약한 일식집에 그가 먼저 와 있었다. 룸은 아늑했다. 다다미방이라 다리를 아래로 떨어뜨리고 앉자 기분이 묘했다. 그의 발이 닿을 때마다 그녀는 조심하려 애썼다. 광어회의 머리 부분이 그대로 접시에 올라왔다. 반들거리는 눈을 보며 회를 먹을 수는 없었다. 그녀는 상추로 머리 부분을 덮었다. 그제야 자연스럽게 말을 할 수 있었다.

"신들이 가장 좋아했던 여행지가 어딘지 아세요?"

"글쎄?"

"실크로드예요."

"왜?"

"유목민들의 공간이니까요. 욕심 없이 사는 인간들이잖아요. 자신이 만든 창조물에 가장 만족한다는 뜻이겠죠. 그러니 신들이 여행하고 싶지 않겠어요. 문화유적지들을 보면 실감할 수 있죠."

실크로드의 중간쯤에 있는 다르첸 마을을 아느냐고 그가 다시 물었다. 공동체생활을 하는 그들은 한번도 불행하다는 것을 느껴보지 못한다고. 그곳의 밤은 별똥별이 비처럼 쏟아진다고 말했다. 활짝 웃는 그의 모습을 보고 그녀는 가슴이 훗훗해졌다. 바닷가 작은 섬에서 태어났고 서울에서 대학을 나왔다는 것도 그날 처음 알았다. 자신의 어릴적 사진을 보면 언제나 웃고 있는 모습인데 대학 졸업 이후 사진부터는 하나같이 입을 꾹 다물고 찍었다고 말했을 때 그녀는 건배를 했다. 자신의 운이 거기까지였다고 했을 땐 다다미 아래에 얌전히 놓여 있는 그의 발을 지그시 눌렀다. 그녀는 재의 말을 듣는 게 좋았다. 고개를 끄덕이며 술을 마셨다. 재의 잔에도 술을 따라줬다. 그러고 나서 그녀는 건배했다. 한 잔에 네 번씩 건배할 때도 있었다. 그의 얘기를 들을수록 그녀는 무덤 속으로 깊이 빨려들어가는 것 같았다.

"장 주사님?"

재의 존댓말이 거슬렸다. 주사는 공무원 6급에 해당하는 직위를 말하는데 익숙하게 들어온 호칭이지만 매번 어색했다. 권위와 원칙만 내세우고 바늘 끝도 들어가지 않는 고집스런 꼰대가 된 기분이 들곤 했다. 몇 번 말을 놓으라고 했는데도 그랬다.

"친구먹기, 어때?"

그녀는 다소 목소리를 높여 말했다. 술기운 탓인지 몰랐다.

"딴말하지 않기요."

재는 기다렸다는 듯 반말을 했다. 바리케이드가 거둬지는 것 같았다. 그녀는 사람관계를 어렵게 하는 게 존댓말이라 생각했다. 존댓말이 사라지자 재의 말은 한결 경쾌한 리듬을 탔다. 그녀는 리듬에 몸을 맡겼다. 겨울밤이 깊어가고 있었다. 일식집을 나오자 북새통의 거리는 텅 비어 있었다. 희미한 가로등 아래 마른 나뭇잎이 아스팔트 위를 굴러갔다. 얼어 있는 그녀의 손 끝에 재의 손이 닿았다. 그녀는 그 손을 놓칠까 꼭 잡았다. 모닥불에 손을 쬐고 있는 듯 따뜻했다. 모텔을 찾은 것은 누가 먼저랄 것도 없었다. 인류 최초의 인간들이 동굴을 찾은 듯 두 사람은 모텔로 기어들어갔다.

*

재는 너무 힘들고 멀미가 나서 아무것도 먹을 수 없다며 정성껏 차려둔 테이블에 눈도 주지 않았다. 그녀는 초밥과 샐러드 사이엔 놓여 있는 술병을 물끄러미 쳐다봤다. 마트에서 주류 코너를 몇 바퀴를 돌며 발견한 양주였다. 손에 잡힌 술병이 재의 목이라도 되는 듯 그녀는 손에 힘을 줬다. 끝내기에 좋은 액체라고 생각했다.

그녀는 천천히 침대에 걸터앉았다. 쿨렁, 물소리가 났다. 물침대는 처음이라 혹 물이 새면 어떡하나하는 생뚱맞은 생각이 났다. 옆으로 엎드려 있는 재의 얼굴 위로 오렌지 빛의 조명이 내려앉았다. 부드러운 빛이었다. 푸석한 머리카락엔 윤기가 돌고 길고 가느다란 눈은 붓으로 선을 그어놓은 듯 감겨 있었다. 생전 열릴 것 같지 않은 입은 콧날의 그림자에 숨겨져 있다. 얄따란 입술 속에 들어 있을 하얀 이를 생각하니 가슴이 뛰었다. 동짓날 밤하늘에 떠 있을 눈썹달이 보고 싶었다.

국립박물관을 갔던 날이었다. 선사시대부터 근대까지 전시된 유물들을 천천히 둘러보고 들밥집에서 저녁을 먹었다. 들밥집은 박물관 뒤편 한갓진 곳에 자리한 전통 한정식집이었다. 도자기 그릇에 담겨 나온 반찬들은 사찰음식처럼 담백했다. 막걸리 한 주전자를 비우고 마당에 섰을 때 개밥바라기별과 눈썹달이 떠 있었다. 사위는 어둡고 고요했다. 재와 함께 한곳을 보고 있다는 사실이 마음을 울렸다. 담배를 문 재가 입속말을 내뱉었다. 좀 더 일찍 만났으면 좋았을 걸. 그에겐 이미 결혼을 약속한 여자가 있었다. 그녀는 재가 문 담배를 빼내 자신의 입으로 가져왔다. 한 모금을 깊게 빨아들였다 입김처럼 뱉어냈다. 처음 피워보는 담배의 묘한 맛이었다. 몽글몽글 흩어지는 연기는 헛된 희망을 품게 했다. 한입 가득 빨아들인 연기를 재의 입에 다시 불어넣었다. 그는 아무 말 없이 연기를 받아 삼켰다.

재가 이직한 직장은 대전에 있었다. 내비게이션 납품업체였다. 가느다란 케이블선을 하루 종일 보다보면 자신이 내비게이션이 된다고 했다. 21가닥의 선엔 전국의 길이 빼곡하게 들어가 있다고 말할 때만 해도 자신감이 차 있었다. 지도에 없는 길, 지워진 길, 희미해진 길을 찾아내는 알바도 했던 재. 새로운 삶을 찾은 사람의 부푼 희망과 설렘을 엿볼 수 있었다.

그녀는 과장의 눈치를 보며 어렵게 휴가를 내고 4시간이나 운전을 하고 달려왔다. 재는 기껏 30분쯤 택시 타고 왔을 뿐일 텐데 침대에서 일어날 생각을 하지 않고 있었다. 처음엔 개의치 않았다. 칠 년을 끌어온 질긴 인연을 끊기 위해서 신께 바쳐야 할 성물쯤으로 생각했다. 레스토랑에서 와인을 곁들인 스테이크 코스 요리를 먹으며 이별식을 하고 싶진 않았다. 깔끔하고 산뜻하게 헤어지고 싶었다. 시간이 갈수록 산뜻하기는커녕 구질구질하고 지릴멸렬한 이 상황을 어찌해야하나 난감했다.

문득 세상의 눈치를 본 것이 언제부터인가 싶었다. 보호막이 사라지고 헐벗은 벌판에 선 듯 안으로만 기어들었던 때. 나이에 대한 감각이 사라지자 든든했던 보호막도 함께 거둬졌다. 세상에 노출되지 않기 위해 그녀는 재와의 만남을 극도로 조심할 수밖에 없었다. 어둡고 눅눅하고 적요로운 곳만을 찾았다. 그만큼 사랑했다는 뜻일까.

*

재의 옆에 누웠다. 동굴 속에 누워 있는 것처럼 아늑했다. 호텔 가까이 먹자골목이 있는지 음식 냄새와 사람들의 웅성거림, 오토바이 시동 거는 소리가 들렸다. 그의 고른 숨소리가 그녀의 몸속으로 스며들었다. 그의 아기는 다른 여자의 자궁 속에서 무럭무럭 자라고 있을 것이다. 재는 이제 정착민의 삶을 살겠지. 아이를 키우고 학교를 보내고 튼튼한 집을 가지겠지. 더 이상의 노마드가 되진 않을 것이다.

"뭐해?"

언제 깨어났는지 그는 세상에서 가장 순한 얼굴을 하고 물었다. 단단했던 마음이 순식간에 흐물해질 것 같아 이불을 끌어당겼다. 유난히 이불이 서걱거렸다.

"한숨 자. 몸도 안 좋은데. 12시에 깨워줄게."

나이 많은 늙은이 투의 말에 그녀는 피식 웃었다. 따귀를 후려갈겨도 시원찮은 상황에 이 무슨 오지랖인지. 그럼에도 벌써 손은 지극한 모성애를 닮아 있었다. 베개를 바로 해주고 이불깃을 꼭꼭 눌러주려 할 때였다. 낡은 청바지 위에 채워져 있는 혁대가 눈에 들어왔다. 바지보다 더 낡아보였다. 빨리 벗겨내야 할 껍질 같았다.

"옷 벗고 편하게 자."

말도 끝나기 전에 그녀의 손은 빠르게 혁대를 풀고 바지를 벗겨냈다. 잔뜩 성이 난 페니스가 팬티를 뚫을 기세였다. 놀란 것은 팬티 색깔이었다. 사루비아 꽃빛이었다. 원색을 좋아하지 않던 그가 자극적인 색깔을 입고 왔다는 게 의아했다.

"니가 사준 거잖아."

그녀의 놀란 눈을 본 재가 심드렁하게 말했다. 그러고 나선 반듯하게 몸을 돌렸다. 거위털 이불의 서걱이는 소리가 방안으로 퍼졌다. 그 소리는 몸속으로 들어와 장기들을 훑어내리는 것 같았다. 명치끝이 아렸다. 사루비아색 팬티를 선물했던 시절이 가물거렸다. 세 번째쯤 잠자리를 했을 때였을 것이다. 그 시절 그녀는 재에게 뭐든 주고 싶어 안달이 나 있었다. 맛있는 것을 봐도, 좋은 옷을 봐도, 좋은 음악을 들어도 재를 떠올렸다. 그녀의 생활은 온통 재로 채워졌다. 자극적이고 독한 것을 재에게 심어주고 싶었다. 깊이 뿌리를 내려 벌레나 비바람에도 끄덕없을 만큼 독한 것.

그녀는 차려입은 옷이 거추장스럽게 느껴졌다. 재가 좋아했던 노란 스웨터를 벗어던지고 스타킹과 스커트, 팬티, 브래지어까지 재빠르게 벗었다. 욕정에 불타오른 창녀마냥 벗어던졌다. 남아 있는 모든 것을 깡그리 불태워버리고 싶었다. 더 이상 타오르지 못하게 태워야 했다. 불빛 탓인지 벽거울에 비친 몸은 활활 타오르는 불기둥 같았다. 거위털 속으로 불덩이를 집어넣었다. 그녀가 이불 속으로 들어가자마자 재는 김새는 소리를 냈다.

"어떤 술이야?"

술힘을 빌려야만 섹스를 할 수 있나 싶었다.

"시바."

그녀는 등을 돌리며 말했다. 욕을 하듯 시바스 리갈을 짧게 잘랐다.

"아주 차진데."

욕을 잘한다는 뜻인지 그 술이 먹고 싶다는 뜻인지 조금 헷갈렸지만 그녀는 후자로 여겼다. 40도의 독한 술이 우리의 관계를 끝장내줄 수 있다고 굳건히 믿었다.

＊

재는 그녀에게 언제나 커다란 물음표였다. 뭘 해도 재미없어하고 시시해하고 급한 것이 없고 어디에도 억압받거나 구속받는 것을 질색했던 재. 그런데도 결혼해서 잘 살고 있었다. 띄엄띄엄 보내오는 문자는 짧았고 그녀는 짧은 문자를 귀하게 여겼다. 신이 내린 생명수처럼 아껴가며 보고 또 봤다. 문자를 오래도록 바라보면 알 수 없는 열기가 가슴으로 차올라왔다. 입에 넣고 요리조리 굴리며 음미하는 한 잔의 포도주 같기도 했다. 어둡고 습한 곳에서 오랜 시간을 견딘, 숙성된 포도주. 미친년! 불쑥 그녀를 꾸짖는 햅반의 목소리가 들리는 듯했다. 연애는 고무줄이어야 해. 주머니에 면도칼을 지니고 다녀야 한다 했다. 언제든지 팽팽한 줄을 끊어내는 쪽이 돼야 한다며 어쭙잖은 연애술을 그녀에게 가르쳤다.

재의 핸드폰이 울렸다. 익숙한 벨소리였다. 조지 윈스턴의 〈피아노 캐논 변주곡〉이 방안을 가득 채웠다. 재는 다탁 위에 올려진 핸드폰을 급하게 들고 화장실로 갔다. 배가 조금 나오기 시작한 재의 알몸을 그녀는 쓸쓸하게 봤다.

"와이프가……."

화장실에서 나온 재는 말을 잇지 못하고 허겁지겁 옷을 입었다. 유목민에서 정착민으로 변신한 그를 보며 그녀는 아무 말도 묻지 않았다.

＊

　늦은 오후의 가을볕이 거실에 길게 누워 있었다. 망사 커튼을 빠져나
온 볕은 채에 곱게 걸러진 밀가루 같았다. 그녀는 에스프레소 한 모금
을 입에 물고 목으로 넘기지 못하고 있었다. 몸살기로 조퇴를 하고 집
으로 왔지만 처방받은 약은 먹지 않고 커피부터 내렸다. 조금씩 커피를
삼키며 발을 내딛었다. 허전한 발걸음이었다. 안방과 작은방, 드레스
룸과 서재, 거실, 주방. 혼자 살기에 48평의 집이 너무 넓다는 생각을 한
번도 한 적이 없었다. 악착같이 정착하려 애썼다. 커피 잔을 내려놓고
주머니 속 담배를 꺼냈다. 불을 붙인 담배를 깊이 빨았다 뱉었다. 헛된
희망이었나. 담배연기가 눈앞을 가렸다.

＊

　새벽 어시장을 간 것은 햅반 때문이었다. 며칠 말이 없는 그녀에게
선물을 주겠다고 새벽에 현관문을 두드렸다. 대전을 다녀온 뒤 그녀의
일상은 여전했다. 다음 달 식단을 짜고 계약한 업체에 전화를 하고 부
식차량에 올라가 물품들을 확인했다. 고등어의 신선도나 감자의 굵기,
배춧속의 상태 따위들을 보며 자주 짜증을 냈다. 노처녀 히스테리라고
말하는 햅반에게도 신경의 날을 세웠다.
　"호주 친구, 남자지?"
　비릿한 바닷바람이 밀려왔다. 햅반은 그녀의 눈치를 보며 말했다.

"방부제 너무 많이 먹은 거 아냐. 상상력 제로야."

"꼭 실연당한 여자 같아서 하는 말이야."

그녀는 햅반의 예민한 감각에 조금 놀랐다.

"선물 준다며?"

"조금만 기다려."

알전구 아래 고무함지에는 금방 잡아올린 생선들이 가득했다. 간지러운 듯 서로의 몸을 비비고 있었다. 햅반은 사람들 사이를 요리조리 빠져나갔다. 그녀는 고개를 갸웃거리며 따라갔다. 토요일이라 출근할 걱정은 없지만 대체 무슨 선물을 준다는 것인지 한심했다. 얼마쯤 갔을까. 넓은 모래사장에 많은 사람들이 빙 둘러서 있었다. 그녀가 재의 물건들을 수장시키던 곳이었다. 목탁 소리가 검은 바다 위로 퍼져나가고 있었다. 절에서 나온 스님들이 여럿 보였다. 고개를 빼고 사람들 사이를 비집고 들어간 햅반이 그녀의 손을 끌어당겼다. 커다란 수족관에서 돌고래가 나왔다. 방생행사였다. 놀이공원에서 조련된 돌고래를 고향으로 돌려보낸다는 뉴스를 본 것이 떠올랐다. 수족관 문을 열고 조련사들이 돌고래에게 입을 맞추었다. 스님들은 목탁에 맞추어 염불을 했다. 청아한 소리가 태양을 깨운 듯 붉은 빛이 수평선에서 서서히 떠올랐다. 대여섯 마리의 돌고래들이 매끈한 몸을 움직이며 넓은 바다로 유유히 사라졌다.

"어때 선물 마음에 들어?"

그녀는 피식 웃었다. 햅반은 벌써 사정을 다 알고 있는 듯했다. 햅반은 그런 여자였다. 말하지 않아도 속마음을 훤히 들여다보는 여자. 돌

아오는 길에 매운 낙지볶음까지 사줬다. 혀를 자극하는 매운 맛에 눈물
과 콧물이 쉴 새 없이 쏟아졌다.

＊

재에게서 문자가 온 것은 핸드폰 액정화면을 깨끗하게 갈고 났을 때
였다. 가로수 감나무 잎이 모두 떨어져 바람에 이리저리 휩쓸리고 있
었다.

"아이를 보냈어. 유산이래."

그녀는 재의 문자를 오래도록 바라봤다. 코끝이 매워졌다. 불현듯
방생한 돌고래들이 보고 싶어졌다. 태평양과 대서양 바다를 유유히 노
니고 다닐, 진정한 노마드 돌고래들을. □

# 달팽이 행로

# 달팽이 행로

중앙통제실 점검을 했다. 출근하자마자 하는 일이었다. 마흔 개의 회전형 카메라를 차례로 대형 모니터로 띄웠다. 카메라 움직이나 해상도, 목표물 포착상태 등을 체크하는 기계점검인 셈이었다. 조금 있으면 새로 온 담당 근무자에게 모든 것을 인계해야 했다. 정기인사 이동이었다. 나는 자꾸만 느슨해지는 신경을 곤두세우며 펜스를 살폈다. 담벼락을 따라 촘촘하게 설치된 펜스 위에 까마귀 한 마리가 앉았다. 순식간에 침입자 발생이란 메시지로 화면이 바뀌었다. 아까부터 낙엽송에 떼로 앉아 있던 까마귀들이라 눈에 거슬렸다. 담장 밖에 뿌리를 둔 아름드리 낙엽송은 담장 안으로 몸이 기울어져 있었다. 그래서인지 나무를 타고 온갖 짐승들이 들락거렸다. 침입자라 해봐야 기껏 새나 고양이, 쥐, 청설모 따위의 하찮은 것들이었다. 그럴 때마다 나는 습관적으로 경보해제 키를 눌렀다. 그러나 오늘은 그렇게 하지 않았다. 빨갛게 달아올랐다 꺼지길 반복하는 경고 메시지를 오랫동안 노려봤다.

벽면에 빈틈없이 부착된 모니터와 책상 위로 즐비한 컴퓨터에서 뿜어지는 전자파 때문인지, 쉴 새 없이 웅웅대는 기계음 때문인지 정신이 점점 몽롱해졌다. 코로 코카인을 들이킨 듯했다. 머리를 흔들며 잠을 못잔 탓이라 생각했다. 내 손가락의 움직임에 따라 화면은 춤을 추듯 휘릭 바뀌었다. 여느 날과 다름없는 사동寺洞이었다.

긴 복도에 깔려 있던 푸른 카펫이 돌돌 말리고 보낼 편지와 지난 신문, 잡다한 서류들이 창틀로 내밀어졌다. 녹색 조끼를 입은 사동 도우미들이 분주하게 복도를 오고갔다. 밤 동안 가라앉았던 먼지가 잠시 화면을 뿌옇게 만들었다. 녹색 조끼가 닫힌 창문들을 모조리 열자 화면이 차츰 또렷해졌다. 벌써 돋을볕이 복도 깊숙이 들어와 신발장과 거실 창에 걸쳐져 있었다. 독거실 카메라의 버튼을 누를 때 손가락 끝이 조금 떨렸다.

4상 23호실 - 125번 - 황석기.

대형 모니터 하단에 명조체 글씨가 떴다. 그 위로 반듯하게 개어져 있는 담요가 눈에 들어왔다. 밥상 겸 책상으로 사용되는 상 위에는 편지지와 볼펜이 가지런히 놓여 있었다. 방바닥과 벽은 형편없이 지저분했다. 구멍이 나고 찢기고 잔뜩 낙서가 되어 있었다. 사이코패스가 아니라 경계선성격장애라고 단호하게 말했던 임상심리사의 말이 문득 떠올랐다.

분류실에 근무하는 임상심리사는 종종 통제실로 왔다. 통제실 구석에 말라비틀어진 산세베리아 화초처럼 깡마른 손으로 줌레버를 만지작거렸다. 석기의 방을 모니터링한 다음 확신에 찬 어조로 말하곤 했다. 사이코패스라면 벽지를 찢거나 방바닥에 구멍을 내는 따위의 분노 행동을 하지 않지. 오히려 편안하게 잘 생활하거든. 임상심리사는 자신의 의견이 재판에서 무시된 것에 기분나빠하는 것인지, 자신의 판단 능력을 과시하는 것인지 나는 알 수 없었다.

화장실에서 나온 석기가 방문 앞에 설치된 무인감시 카메라 앞으로 다가왔다. 나는 녀석의 얼굴에서 뭔가를 찾기 위해 안달이 난 사람처럼 줌레버를 밀고 당기길 반복했다. 그러나 녀석의 얼굴은 오래 전, 군대에서 처음 봤을 때의 모습 그대로였다. 둥근 이마에 짙은 눈썹과 귓불이 도톰한 커다란 귀, 매끈한 목선. 어린애 같기도 하고 소년 같기도 하고 죽음을 앞둔 노인 같기도 한 생의 내력을 짐작할 수 없는 종잇장 같은 얼굴을 내밀고 있었다. 나는 단추를 꼭꼭 채운 석기의 푸른 수인복과 발을 감싼 검은 양말을 잠자코 쳐다봤다. 서늘하고 축축한, 점액질이 묻어날 것 같은 피부를 아직도 간직하고 있을까. 새끼발가락도 여전히 말랑말랑할까란 생각이 문득 들었다.

천천히 카메라를 움직여 녀석의 방을 살폈다. 몇 권의 책과 관복, 수건, 빗, 거울뿐이다. 선반 위에 올려진 운동화에 시선이 머물렀다. 녀석은 내가 넣어준 운동화를 한번도 신지 않은 듯했다.

"짐승들도 자신이 죽을 때가 되면 안다는데 125번은 뭐냐. 오늘 따라 왜 저리 순진한 낯짝을 내밀고 있는 거야. 문짝이라도 차며 꼬장을 부릴 것이지. 에이, 우리 보고 어쩌란 말이야. 씨발!"

김의 목소리에 나는 깜짝 놀랐다. 그 바람에 의자 끝에 걸쳐져 있던 엉덩이가 바닥으로 떨어졌다. 언제 들어온 것일까. 어쩌면 김은 석기와 나 사이를 다 알고 있는지도 몰랐다. 더군다나 김은 어제까지 석기의 사동 담당근무자이지 않았던가. 이런저런 생각을 하자 내 행동이 더욱 어색해졌다. 엉거주춤 일어나 깨끗한 의자를 일없이 털고 멀쩡한 컴퓨터의 자판기를 두드러댔다.

"겁나지?"

김은 내 어깨에 손을 얹으며 힘을 주었다. 뭉친 근육이 김의 손아귀에서 으스러지는 듯했다. 우리는 임무를 수행할 뿐이야. 두려워하거나 죄의식을 갖지 마. 천천히 내뱉는 김의 말에 나는 깊은 숨을 몰아쉬었다. 김은 나를 위로하고 있었다. 집행업무에 투입된 같은 처지이면서도 오지랖 넓게 이것저것을 챙겼다.

사형집행 근무자 명단이 공개되었을 때 제일 펄펄 뛰었던 사람은 김이었다. 김은 나보다 삼 개월 빠른 선배였지만 나이는 같았다. 나는 그에게 선배님이란 존칭을 꼬박꼬박 붙였다. 어쩌면 그의 배짱 때문인지도 모르겠다. 누구 살인자 만들 일 있어? 나는 못해. 대체 이 명단은 어떤 근거로 나온 거야, 씨발! 김의 거침없는 항의로 명단은 여러 번 바뀌었다. 무술단증 보유자에서 정년이 얼마 남지 않은 유니폼, 결혼하지 않은 유니폼, 근무성적이 제일 나쁜 유니폼, 상을 제일 많이 받은 유니폼……. 온갖 기준으로 유니폼들의 이름이 명단에 오르락내리락했다. 그도 그럴 것이 십이 년 만에 처음 시행되는 사형집행이다보니 숱한 소문들이 교도소를 휘저었다. 사형집행에 참여한 유니폼들은 하나같이 자살을 한다는 둥 자식들이 집안을 말아먹는다는 둥 흉흉한 소문이 끊이질 않았다. 그것이 사실처럼 증거자료들이 교도소 내부 게시판을 달구기도 했다. 소장은 이 모든 것을 단번에 제압했다.

"순번제로 한다."

소장의 한마디에 어느 누구도 딴죽을 걸지 않았다. 거역하면 어떤 대가를 치러야 하는지 알기 때문이었다. 감봉이나 견책, 전출 따위의 징계는 언제나 유니폼들의 발목을 잡았다. 여러 기준에서 늘 빠졌던 나는 순번제에 걸렸다. 근무경력 삼 년 이상된 교사 직급. 너무 모르지도 너무 많이 알지도 않은, 한마디로 만만한 직급이었다. 펄펄 날뛰던 김도 순번제를 피할 수는 없었다. 그날 퇴근 후 나는 술을 많이 마셨다. 한 잔 한 잔 입속으로 술을 털어넣을 때마다 삐질삐질 웃음이 나왔다.

다음 날, 나는 석기 앞으로 영치품 구매를 신청했다. 볼이 넓은 하얀 운동화 한 켤레. 신청자 이름을 쓰는 공란에서 볼펜을 오랫동안 굴렸다. 한참 뒤 또박또박 형의 이름을 적어넣었다. 이 세상 사람이 아닌 형의 이름은 낯설었다.


수용자들의 아침식사가 끝나자마자 버튼조는 집행장으로 향했다. 나와 같은 동행조에 속한 김이 자판기 커피를 내밀었다. 나는 달착지근한 커피를 한 모금 물고 버튼조가 사라지는 쪽을 물끄러미 바라보았다.

"하필이면 접견실 뒤편에 집행장이 있을 게 뭐야. 개새끼들이 눈치를 까고 접견실로 튀면 어쩌지."

나는 김의 말에 희미하게 웃었다. 삶과 죽음이 공존하고 있는 공간. 같은 건물이면서도 확연하게 차이가 났다. 처음 그 건물을 발견했을 때 나도 김과 같은 생각을 했었다. 접견실은 늘 붐볐다. 생을 접선하듯 접견시간은 짧았다. 짧은 시간이라서 더욱 삶의 에너지가 강렬했다. 에너지는 붉은 기와지붕에서 뿜어지듯 접견실 지붕은 엷은 햇빛에도 언제나 지글거렸다.

나는 접견실 뒤로 삐죽이 올라온 건물에 시선을 꽂았다. 감추려 할수록 더 드러나는 물건마냥 피뢰침이 하늘을 찌르고 있었다. 며칠 전 대청소를 했지만 오랫동안 비어 있던 건물이어서인지 봄볕이 내리쬐는

데도 을씨년스러워 보였다.

검은 승용차가 운동장 가장자리로 들어왔다. 말끔하게 차려입은 서너 명의 사람들이 내렸다. 그 뒤로 앰뷸런스가 들어왔다. 몇 대의 승용차가 더 들어오는 것을 보며 나는 모자를 깊숙이 눌러썼다. 천천히 손가락이 나온 가죽장갑을 꼈다. 기다란 손톱이 눈에 띄었다. 손톱 끝을 꺾어버릴 듯 말아쥐었다. 권총과 가스총, TRS가 꽂혀 있는 조끼를 기동복 위에 걸쳤다. 갑옷처럼 무겁게 느껴졌다. A4 용지에 출력된 열 명의 사형수 명단을 훑었다. 맨 꼭대기에 적힌 석기의 이름을 오랫동안 쳐다보다 윗주머니에 구겨넣었다. 차에서 내린 검사와 종교인들이 내 앞을 지나갔다. 화장품 냄새가 비위를 상하게 했다.

석기가 이곳으로 이송되어왔을 때 나는 원예에 근무했다. 국화전시회를 앞두고 있던 터라 전시회에 내보낼 화분을 선별하고 있던 중이었다. 호송버스가 운동장을 가로질러 사동으로 연결된 북문에 주차되고 포승에 묶인 수용자들이 하나씩 내리는 것을 나는 힐끗 쳐다봤을 뿐이었다. 그 호송버스에서 석기가 내렸다는 것을 근무지가 바뀌고 나서야 알았다.

그 무렵 전국에 흩어져 있던 사형수들이 하나둘씩 이곳으로 집결되고 있었다. 사형제가 국회를 통과하면서 발 빠르게 움직이는 교정행정만큼 내 심장도 덩달아 뛰었다. 오랫동안 사형을 선고받고도 집행이 이루어지지 않아 사형수들은 넘쳐났다. 전국으로 분산 수용할 수밖에 없었다. 집행장이 설치된 이곳으로 사형수들이 몰려올 때부터 나는 매일

조마조마하게 석기를 기다렸다. 아무것도 할 수 없었다. 유일하게 하는 일이라곤 교도소 내부 파일인 '보라미'에 입력된 석기의 신분카드를 훑어내리는 일이었다. 연쇄살인 및 마약류관리법 위반이란 죄명과 잔인한 범죄개요, 사형선고 따위를 읽어내릴 때면 가슴이 답답해 견딜 수 없었다. 마음은 벌써부터 도망칠 궁리를 하고 있었다.

통제실은 석기로부터 도망쳐 몸을 숨길 수 있는, 넉넉한 숲이 되고도 남았다. 숲에서 나는 석기의 동태를 샅샅이 살폈다. 밥을 먹고 운동을 하고 잠을 자는 등 일상적인 모습에서 조금이라도 빗나간 행동을 하면 펜스의 각종 센서처럼 나는 예민하게 반응했다. 김이 사동 근무를 서는 날, 석기는 자주 창틀에 매달려 무슨 말인가를 주고받곤 했다. 그럴 때면 나는 경비업체에 항의했다. 음소거를 왜 해제시켜주지 않느냐고. 인권침해란 말만 되돌아왔다. 최소한 개인의 비밀을 존중해주어야 한다는 것이었다. 목소리를 살리고 죽이는 것이 인권과 무슨 연관이 있는가. 그렇게 따져 묻는 것도 지겨워졌다. 최대한 카메라를 줌인시켜 입술 모양을 주시할 수밖에 없었다. 한 달이 지나지 않아 나는 복화술사라도 된 듯 웬만한 것은 다 읽어낼 수 있었다. 대부분 칫솔을 달라거나 담요를 한 장 더 달라는 따위의 시시한 것들이었다. 그런데도 알 수 없는 불안이 나를 괴롭혔다.

중앙복도는 넓었다. 노란 줄의 중앙선 옆으로 걷는 발소리가 복도를 울렸다. 사형수를 데려오는 동행조는 네 명이었다. 상황실에서 자못 여유롭게 나를 위로하던 김도 긴장이 되는지 말이 없었다. 나는 복도

창으로 눈을 돌렸다. 운동장 너머로 꼭 닫힌 공장 문이 보였다. 팔을 걷어붙인 사내들이 활짝 열린 문으로 이 공장 저 공장을 왔다갔다하던 모습이 보이지 않았다. 그리고 보니 어느 날과 다른 점이라면 공장 작업을 하지 않는 것이었다. 공장 앞 화단에 활짝 핀 영산홍이 눈을 시리게 했다. 손으로 눈자위를 꾹꾹 눌렀다. 불면이 점점 심해져 이젠 눈을 뜨고 살아야 하는 게 아닌가. 문득 언제부터 잠을 자지 못한 것일까란 생각이 들었다. 석기의 얼굴이 텔레비전 화면에 비칠 때부터일까. 사형수 명단에 석기의 이름을 확인하고부터일까. 아니면 이곳으로 석기가 오고부터일까. 어쩌면 그 이전부터인지도 모르겠다.

군대를 제대하자 내 방이 사라졌다. 형수는 제대를 하고 온 나를 다락방으로 안내했다. 도련님, 우리 형편 아시죠. 함께 고통을 분담해야죠. 나는 야무지게 말하는 형수의 입을 멍하니 쳐다보기만 했다. 은행에 다녔던 형이 인원감축으로 직장을 잃었기 때문에 내 방을 개조해 치킨집을 냈던 것이다. 나는 다락방에서 헌법과 형사소송법, 상법, 민법 등의 두꺼운 책들을 베고 잤다. 창으로 올라오는 기름 냄새와 닭비린내는 내 청춘을 갉아먹는 듯했다. 복학한 대학에서도 사람들과 어울리지 못하고 빙빙 떠돌기만 했다.

일찌부터 사법 고시를 준비했던 터라 형의 부추김에 못이겨 고시에 응시하기도 했다. 낙방은 당연한 것이었으나 누군가에게 거부당했다는 기분은 어쩔 수 없었다. 그 기분은 바이러스처럼 형에게로 옮겨갔다. 형은 부모님이 일찍 죽는 바람에 하나밖에 없는 나를 떠맡았다. 형이 고시장으로 등을 밀 때 나는 형의 손끝에서 전해지는 짜증을 느낄 수 있었다. 형에게 나는 귀찮은 짐보따리였다.

지리한 장마가 끝날 무렵 석기에게서 연락이 왔다. 주소와 약도가 그려진 메일이었다. 우리는 이미 군대에서 서로의 몸을 탐닉한 사이였다. 자대배치를 받아 취사병으로 근무했던 우리는 틈만 나면 부식창고로 향했다. 부대원들이 연병장에서 훈련을 받을 때 우리는 쌀부대와 멸치 상자 사이에서 서로의 몸을 훈련시켰다. 녀석의 혀는 뜨거웠고 몸은 미끄러웠다. 무엇보다 석기의 발가락 터치는 잠자던 내 감각을 모조리 깨우는 듯했다. 제대 후 가끔 여자들과 잠자리를 했지만 석기만큼 나를 만족시켜주는 여자는 없었다.

석기의 집으로 찾아가는 길은 멀고 지루했다. 기차와 버스를 몇 번 갈아타기를 한 다음에야 도착할 수 있었다. 석기의 집 앞에서 나는 오랫동안 머뭇거렸다. 어쩐지 선뜻 들어설 수 없게 했다. 제대 후 이태만의 만남이었다. 조심스럽게 칠이 벗겨진 녹색 철대문을 밀었다. 순간 그곳은 이제까지 내가 살아온 곳과는 다른 낯선 세계였다. 녹슨 철대문은 새로운 세계로 들어서는 길목이었다. 붉은 벽돌로 지어진 단층집엔 나무들이 가득했다. 오동나무로부터 담을 따라 층층나무, 버즘나무, 편백나무, 느티나무, 넝쿨장미, 담쟁이덩굴이 제멋대로 뒤엉켜 있었다. 잔디가 깔린 마당엔 개망초대가 군락을 이루고 있었다. 무엇보다 내 눈을 사로잡은 것은 등나무였다. 밑동부터 몸을 비틀며 지붕으로 올라가는 거대한 등나무 줄기는 앙코르와트의 스펑나무를 닮아 있었다. 사원의 벽과 지붕을 뚫고 가지를 뻗던 나무처럼 등나무는 집을 삼킬 듯 뒤덮고 있었다. 등나무 줄기를 따라가던 내 눈은 닭장에서 멈추었다. 엉성한 철망 안에 볏이 늘어진 닭 한 마리가 고개를 쳐들고 있었다. 동상처럼 움직이지 않았다. 그 옆엔 낡은 창고가 있었다.

나를 맞이한 것은 석기의 하얀 얼굴이었다. 원래 핏기 없는 얼굴이었지만 어쩐지 무덤 속에서 튀어나온 얼굴마냥 섬뜩하게 느껴졌다. 손을 잡고 포옹을 하자 조금 전의 기분이 거짓말처럼 사라졌다. 녀석의 살냄새가 코끝을 자극했다. 서먹함을 없애려 나는 더 격정적으로 안았다. 밖과 달리 집안은 낮인데도 어둑했다. 오랜 장마로 눅눅한 습기가 부엌에서 풍겨오는 음식 냄새와 섞여 거실 안을 떠돌았다.

"혼자 살아?"

나는 조용한 집안을 둘러보며 무심하게 물었다.

"다 날랐어."

석기는 가볍게 말했다. 그때까지만 해도 나는 석기에 대해 아는 게 없었다. 그저 피부가 축축하고 발가락이 말랑하다는 것 외에는. 어머니를 자주 바꾸던 아버지가 어린 여자와 말레이시아로 날라버렸다고 녀석은 어깨를 움츠리며 말했다. 냉정한 아버지는 자신을 아들로 한번도 인정하지 않았다는 둥 어릴 때 엄마가 폐암으로 죽었다는 둥, 건설업을 하던 아버지가 부도를 내고 회사 돈을 몽땅 빼돌렸다는 둥 주절이주절이 늘어놓는 석기의 얘기를 나는 건성으로 들었다. 벌써 내 눈은 기이하게 움직이는 석기의 몸에 쏠려 있었다.

요리솜씨가 좋았던 녀석은 커다란 식탁에 부지런히 음식을 날랐다. 수저를 놓고 김치찌개 냄비와 잡채, 갈치구이 접시들을 놓을 때마다 리드미컬하게 몸이 움직였다. 휘어질 듯한 허리와 돌출된 골반뼈가 어긋

날 듯 말 듯 아슬하게 연결되었다. 끈적한 점액질을 흘리며 천천히 내게 다가오는 한 마리 파충류 같았다. 석기의 말랑한 새끼발가락이 내 몸 여기저기를 건드려대고 마침내 미끄러운 점액질이 내 음경을 휘감는 착각에 빠졌다. 묵직하게 아랫도리가 부풀어올랐다. 차려진 식탁 밑에서 녀석과 나는 알몸이 되어 뒹굴었다.

"우린 자웅동체야."

섹스가 끝난 뒤에도 녀석은 내 가랑이에 붙어 나른하게 말했다.

"자식, 그러면 우리가 달팽이라도 된다는 거야."

나는 녀석의 시답잖은 말에 퉁박을 주곤 달라붙은 녀석을 떼어냈다.

"내 더듬이는 새끼발가락! 네 더듬이는 섹시한 손톱! 우린 예민한 더듬이를 지닌 한 마리의 달팽이."

녀석은 무슨 시를 읊듯이 중얼거리며 내 손을 자신의 발가락에 갖다 댔다. 발가락과 손가락을 모아놓고 보니 묘한 느낌이 들었다. 더욱이 석기의 발가락은 여섯 개였다. 나는 석기의 양쪽 새끼발가락 옆에 붙은 말랑한 발가락을 사랑했다.

석기는 내 손톱에 지극정성을 쏟았다. 어느 사람들보다 조금 길다는 것 외에는 특별할 게 없는 손톱이었다. 그런데도 녀석은 손톱을 물에 불리고, 거스러미를 잘라내고, 밀고 다듬기를 여러 번 했다. 매니큐어를 칠할 땐 의식을 치르듯 숨소리까지 죽였다. 손끝의 움직임은 한없이 진지하고 조심스러웠다. 내가 까만 색에 질색하자 녀석은 자신의 발가락을 내 입에 물렸다. 우리는 야릇한 자세로 칠이 마르길 기다렸다. 마른 손톱은 맨들맨들한 뿔 같았다. 녀석은 더듬이라고 정정했다. 까만 손톱에 녀석은 환장했다. 손톱을 자신의 팬티 속으로 가져가며 나를 거칠게 끌어당겼다. 그러고 나선 과장되게 신음소리를 냈다. 밖에서 우는 닭 울음소리와 섞인 신음소리는 기괴하게 집안을 울렸다.

우리는 여름내내 붙어 지냈다. 소도시 외곽에 위치한 집이라 시내에 나가기도 쉬웠다. 시내를 돌아다닐 때 석기의 신발은 눈부셨다. 발가락이 여섯 개라 앞쪽 볼이 넓은 신발을 주문 제작하여 신었는데 하얀색 일색이었다. 신발은 녀석의 하얀 얼굴과 잘 어울렸다. 술에 취해 밤 늦게 들어오는 날이면 우리는 마당에서 잤다. 나무들과 닭과 꽃, 뱀, 지렁이, 달팽이 따위의 온갖 생명체들과 경계 없이 어우러졌다. 시내의 뉴욕나이트에서 흡입한 코카인 탓인지도 몰랐다. 마약이 어떤 경로로 석기의 손에 들어오는지 나는 궁금하지 않았다. 그 여름은 내 삶을 파멸시키려 작정한 상태였으니까. 콧속으로 빨아들인 코카인 가루가 몸 속으로 퍼져나가며 열리는 새롭고 낯선 세계. 모든 경계가 해제된 매혹적인 세계. 나는 그 세계에 블랙홀처럼 빨려들었다.

형은 블랙홀에서 나를 꺼냈다. 형의 갑작스런 죽음. 나는 통닭을 튀기다 통닭보다 더 시커멓게 된 형을 껴안고 울었다. 내 몸 속의 수분이 깡그리 증발할 때까지. 놀랍게도 눈물은 석기의 집으로 향하던 발길을 끊게 했고 두꺼운 책들을 챙기게 했다. 무엇보다 눈물은 석기를 밀어냈다. 숫돌에 칼을 갈고 난 뒤 칼끝에 묻은 쇳가루를 혀로 핥는 것이나 등나무를 타고 오르는 뱀을 잡아 잔인하게 난도질을 하는 모습이 떠오를 때면 머리를 세차게 흔들었다. 더욱이 닭장 옆의 낡은 창고 안에 있던 수북한 뼈. 아버지가 나를 욕하고 때릴 때면 짐승들을 죽여 창고에 처박았다는 석기의 말은 소름 돋게 했다.

전기과열로 인한 화재란 수사결론이 나오자 형수는 팔을 걷어붙였다. 불난 자리는 장사가 잘된다고 재빠르게 건물을 다시 올렸다. 보험을 많이 들었던 형수는 이제까지 번 돈보다 더 많은 뭉칫돈을 쥐게 되었다. 형수는 뭉칫돈으로 상호명도 바꾸고 남편의 이름도 바꾸었다.

그때부터였을 것이다. 나는 고시원의 딱딱한 의자에 앉아 잠을 자지 않았다. 칸막이 책상엔 햇빛 한 점 들어오지 않았다. 형광등 아래서 나는 점점 얼굴의 핏기를 잃어가고 있었다. 진동으로 된 주머니 속 핸드폰은 끊임없이 허벅지를 흔들어댔다. 진동음은 지긋지긋했다. 석기의 전화는 마치 내 몸의 피를 다 빨아먹는 듯했다.

찬바람이 몹시 부는 날 마지막으로 석기의 집을 찾았다. 결별을 준비한 나와 달리 녀석은 나를 맞이할 준비로 분주했다. 도마 위에 칼질하는 소리를 들으며 나는 창밖을 내다보았다. 마당은 치부를 드러내듯 황량했다. 아무렇게나 엉켜 있는 마른 풀들과 앙상한 나무들을 보다 멈칫했다. 닭장이 텅 비어 있었다.

"닭은?"

나는 등을 돌려 석기를 노려보며 물었다.

"닭튀김하려고 잡았어. 너 온다기에."

녀석은 닭을 토막내고 있었는지 식칼을 높이 처들고 자랑처럼 말했다. 순간 구역질이 올라왔다. 다락방으로 올라오던 닭비린내와 기름냄새, 통닭보다 더 시커멓던 형의 시신이 떠올랐다. 치밀어오르는 화를 참을 수 없었다. 마치 결별의 이유가 통닭 때문이란 듯 나는 석기를 향해 온갖 욕설과 험담으로 끝장을 냈다. 녀석은 한마디도 하지 않았다. 다만 커다란 식칼로 도마 위에 올려진 닭을 연신 내리칠 뿐이었다. 닭살이 너덜너덜해질 때까지.

고시원으로 돌아오자마자 나는 핸드폰 번호를 바꾸어버렸다. 더 이상 진동음은 울리지 않았다. 하지만 세상의 끈을 잡아야 한다는 강박감과 마약의 기운은 그저 눈만 뜨고 있게 할 뿐이었다. 공부에 몰입할 수가 없었다. 삶에 대한 애착이 강할수록 세상의 급수는 점점 낮아졌다. 공무원 5급, 7급, 9급. 겨우 거머쥔 말단 교정직 9급은 낡은 동아줄마냥 늘 아슬아슬한 기분에 젖게 했다.


오늘 집행될 사형수들은 흩어져 있었다. 철저하게 격리수용시킨 탓에 보물찾기를 하듯 찾아내야 했다. 열 명을 집행하려면 시간이 빠듯했다. 일행은 빠르게 걸음을 옮겼다. 삼층으로 오르는 계단은 가팔랐다. 가슴이 뛰었다.

담당근무자는 아무런 표정 없이 석기의 방문을 열었다. 절대 비밀엄수 교육을 받은 탓일 것이다. 나는 뻐근해지는 가슴을 애써 누르며 똑바로 석기를 쳐다봤다. 웅크리고 앉아 있던 석기가 고개를 들었다. 눈이 점점 커졌다. 커다란 눈동자에 그렁그렁 습기가 차는 듯했다. 이내 고개를 아래로 떨어뜨렸다. 나는 녀석의 눈동자 위로 죽음의 공포를 넘어선 체념이 언뜻 스치고 지나가는 것을 봤다. 이제야 눈치를 챈 걸까. 나도 모르게 손이 떨렸다. 밤마다 스토커처럼 전화를 해대던 지긋지긋하던 녀석, 얘기만 들어달라던 녀석. 내가 야멸차게 떨쳐내지 않았다면 이렇게까지는 되지 않았을까. 나는 이를 지그시 물고 고개를 흔들었다. 넌 살인마야. 죽어 마땅해. 네가 죽어야 내가 살아. 나는 주문을 외우듯 중얼거렸다.

슬그머니 조끼에 꽂혀 있는 권총을 더듬었다. 경계선성격장애자들의 몸속에는 육식과 초식 동물이 함께 산다고 했던 임상심리사의 말이 떠올랐기 때문이다. 평소에는 아주 온순하다가 자신이 세상으로부터, 사람으로부터, 그 무엇으로부터 거부당했다는 느낌이 들면 사나운 짐승이 불쑥 튀어나오지. 덤덤하게 말했던 임상심리사는 석기를 안타깝게 생각했다. 사이코패스처럼 유전인자가 아니라 후천적으로 생긴 병이라 사회적 책임이 더 크다고 웅변하듯 내뱉곤 했다. 나는 그의 말을 건성으로 들었다. 나의 관심은 오직 석기의 입에 쏠려 있었으니까. 늘 녀석의 입에서 내 이름자가 나올까 안절부절못할 수밖에 없었다. 석기가 살해한 여섯 명 사체의 공통점은 하나같이 손톱에 까만 매니큐어가 칠해져 있었다란 수사결과는 내 목을 조였다. 여러 날 고열에 시달리기까지 했다.

좁은 사동복도와 넓고 긴 중앙복도를 지나는 동안 석기는 조용했다. 석기의 양쪽에서 팔짱을 낀 유니폼이 앞에 서고 나와 김은 그 뒤를 바싹 따랐다. 나는 석기의 뒤통수에 눈을 꽂고 걸었다. 자꾸만 뭉글뭉글 솟아오르는 생각들이 가슴을 답답하게 했다. 나를 옥죄어왔던 석기와의 관계가 이제 깨끗하게 사라질까. 원룸의 깨끗한 내 침대에서 깊은 잠을 잘 수 있을까.

녀석은 내가 교도소에 근무하고 있다는 사실을 오래 전부터 알고 있었다. 그러니까 녀석이 살인행각을 벌이기 전이었을 것이다. 내가 교도관이 되고서 제일 먼저 한 일은 방 마련이었다. 당장 대출을 받아 원룸을 얻었다. 그만큼 형수로부터의 독립은 절박했다. 형수의 집에 남아 있던 짐을 가지러 갔을 때였다. 형수는 가게 안에 울려퍼지는 빠른 템포의 음악에 박자를 맞추듯 빠르게 말했다. 정신나간 놈이 찾아와 도련님 연락처를 물었어요. 눈동자가 풀려 있고 몹시 손을 떨더라구요. 몸에서 이상한 냄새도 났구요. 교도소에 근무한다고 했죠. 바뀐 도련님 전화번호야 나도 모르잖아요. 달싹거리는 형수 입술을 쳐다보며 나는 석기가 다녀갔구나, 라고 탄식했다. 녀석이 왜 그렇게 내게 집착하는지 두렵기까지 했다. 마치 내 몸에 끈적이는 달팽이 한 마리가 붙은 느낌이었다. 설핏 잠이 들 때면 달팽이 꿈을 자주 꿨다. 떼어내어도 자꾸만 달라붙는 징그러운 달팽이 꿈. 깨어나면 온몸이 시뻘겋게 부풀어 있곤 했다. 달팽이를 떼어내려 긁어댄 흔적이었다.

　석기는 내 이름을 입에 올리지 않았다. 어떤 얘기도 발설하지 않았다. 나는 안도의 한숨을 내쉬었다. 그러나 거대한 쇳덩이에 깔린 것 같은 답답함은 어쩔 수 없었다. 딱 한번 석기는 교도소로 나를 찾아왔다. 친구가 찾아왔다는 전화를 받고 나는 아찔한 현기증을 느꼈다. 결국 왔구나! 한참을 사무실에서 뭉그적거리다 민원실로 갔다. 앞문으로 들어가지 않고 비상문 뒤에서 민원실 안을 엿봤다. 허름한 사파리잠바를 걸치고 사람들 사이에 서성거리고 있는 석기를 찬찬히 훑었다. 본래의 색을 알아볼 수 없을 정도로 신발에 땟국물이 흘렀다. 나는 망설임 없이 뒤돌아섰다. 녀석이 내가 퇴근할 때까지 기다리라고는 생각지 못했다. 등 뒤에서 음울하게 나를 부르던 녀석의 목소리에 나는 기절할 뻔했다. 징그러운 놈! 그날 내가 석기에게 무슨 말을 어떻게 했는지 기억나지 않았다. 속사포처럼 튀어나온 무자비한 말들. 그 말들이 석기에게 치명상을 입힌 것은 사실인 것 같았다. 그 후로 녀석은 내 주위를 얼씬도 하지 않았으니까.

　　멀리 화살표가 날카롭게 그려진 접견실 팻말이 보였다. 점점 팻말과 거리가 좁혀졌다. 갑자기 석기가 우뚝 멈춰 섰다. 이어 휙 뒤를 돌아봤다. 순식간에 일어난 일이지만 나는 벌써 권총을 만지고 있었다.

　　"영대야, 나 접견올 사람 없는데……. 누가 온 거야? 나는 네가 왔기에 오늘 죽는구나 생각했어."

　　"……."

　　내 이름을 그렇게 천연덕스럽게 부르다니! 이 상황을 또 어떻게 설명해야 할지. 당황한 나는 옆으로 고개를 돌렸다. 김은 질린 표정을 짓고 있었다. 동시에 석기가 꼼작하지 못하도록 움켜잡았다. 접견실로 튀면 정말 낭패가 아닐 수 없었다. 이것저것 생각할 겨를도 없이 우리들은 석기를 에워쌌다.

　　침침한 형광등불이 드문드문 켜 있는 지하통로로 접어들었다. 통로는 차갑고 조용했다. 석기를 에워싼 우리들은 밀도 높은 액체에 빠진 벌레처럼 통로를 느리게 걸었다. 눅눅한 공기가 겔 상태로 변하는 것 같았다. 겔은 끈적끈적하게 달라붙었다. 끈적한 석기의 살갗이 내 손끝에 닿자 알 수 없는 감정이 몰려왔다. 정말 내가 석기를 죽일 수 있을까. 이렇게 죽어버리면 모든 게 해결되는 것인가. 끝도 없는 물음들이 밀려들었다.

어느 순간 석기의 몸이 축 늘어졌다. 알 수 없는 기운이 석기를 덮친 듯 어깨가 내려앉고 다리가 땅에 끌렸다. 석기의 몸이 급작스럽게 무거워졌다. 주머니에 꽂혀 있는 TRS로 구조를 요청해야 할까. 그때 김치찌개 냄새가 콧속을 파고들었다. 집행근무자들이 벌써 술과 안주를 준비하고 있는 것 같았다. 맨 정신으론 할 수 없는 일이라 공식적으로 허용된 사항이었다. 찌개 냄새 때문인지 계단을 오르면서 석기는 잠깐씩 다리에 힘을 줬다.

벽을 사이에 두고 분위기는 사뭇 달랐다. 버튼조가 근무하는 바깥쪽은 선술집마냥 술판이 벌어졌다. 감자알 같은 버튼 여섯 개가 눈에 들어왔다. 검사의 사인이 떨어지면 로프를 당기는 버튼. 그 버튼 중 진짜는 하나였다. 죄의식을 상쇄시키기 위해 여러 가짜들을 설치해둔 것이었다. 버튼조 여섯 명의 직원들은 깡소주를 연신 마셔댔다. 소주병과 일회용 컵, 휴대용 가스레인지, 푸른 불꽃 위에 올려진 뚜껑이 들썩거리는 찌개냄비……. 버튼 앞에 놓인 커다란 테이블 위는 어수선했다. 석기는 탄성을 잃은 고무줄처럼 축 늘어진 채 내 팔에 자꾸만 엉겨들었다.

벽 안쪽으로 들어서자 지하통로의 공기처럼 차갑고 조용했다. 서늘한 기운 탓인지 달팽이가 스멀스멀 몸속으로 기어들어오는 듯했다. 창으로 들어온 칼끝 같은 볕이 집행장 안을 들추어냈다. 볕을 등지고 앉은 사람들 중 소장만이 눈에 들어왔다. 어깨와 가슴에 달린 번쩍이는 계급장이 햇빛에 반사됐기 때문이다. 중앙에 앉은 커다란 그림자가 검사인 듯했다. 나는 눈을 가늘게 뜨고 숨을 골랐다. 미리 준비해둔 포승과 수갑을 석기에게 채웠다. 석기의 가쁜 숨소리가 내 귓전을 때렸다. 천천히 아주 천천히 석기를 그림자 앞으로 데려갔다. 검사의 목소리가 집행장 안을 가득 채웠다. 검사의 목소리는 음소거가 된 통제실 모니터처럼 내 귀에 들리지 않았다. 검사의 벙긋거리는 입 모양만 보일 뿐이었다. 성경을 든 목사가 석기의 머리에 손을 얹고 오랫동안 기도를 할 때도 나는 아무 소리도 들을 수 없었다. 도르래가 달린 의자에 앉은 석기만 바라보았다. 고개를 깊숙이 숙인 석기의 하얀 목덜미와 붉게 물든 귓불이 내 눈을 따갑게 했다.

김이 두건을 씌우려 할 때였다. 나는 내 귀를 의심하지 않을 수 없었다. 갑자기 음소거를 해제시킨 듯 석기의 목소리가 귓속을 파고들었다.

"영대야, 너무 무서워. 함께 가자. 잠깐만 내 얘기 들어줘. 잠깐이면 돼."

석기의 입가엔 흰 거품이 부글거렸고 눈동자는 알 수 없는 빛으로 번들거렸다. 석기의 몸에서 사나운 짐승이 튀어나온 것 같았다. 녀석은 내 팔목을 잡는가 싶더니 이내 어깨를 잡고 순식간에 머리통을 자신의 포승줄로 엮었다. 포승줄이 거미줄처럼 내 얼굴에 감겨들었다. 녀석은 아무도 손댈 수 없을 정도로 길길이 날뛰었다. 당황한 그림자들이 볕에 놓인 석기와 나를 가렸다. 나는 석기의 붉어진 귓불을 힘껏 깨물었다. 녀석의 날뛰던 움직임이 둔해진 틈을 타 천장으로 손을 뻗었다. 로프는 손의 움직임에 따라 가볍게 따라왔다. 석기의 목에 그것을 걸었다. 등

줄기로 식은땀이 흘러내렸다.

검사의 사인이 떨어졌다. 동시에 석기가 앉은 의자 밑이 열렸다. 빈 의자가 레일 위를 천천히 움직였다. 나는 넋이 나간 눈으로 의자를 바라봤다. 재깍재깍, 시곗바늘이 머릿속을 날카롭게 헤집었다. 정적이 흘렀다. 숨막히는 정적이었다. 김치찌개 냄새만이 집행장 안을 둥둥 떠다녔다.

"18초!"

아래층에 있던 검시관 목소리가 석기가 떨어져 내린 구멍으로 솟구쳐 올라왔다. 버둥거리던 녀석의 몸이 멈춘 시간을 알리는 소리일 것이다. 녀석이 이승에서 저승으로 가는 시간인가. 18초면 컵라면도 익을 수 없는 시간이지 않는가. 찰나의 시간일 뿐이었다. 석기가 얘기를 들어달라고, 딱 몇 분, 아니 몇 초면 된다고 했던 말이 정수리를 찍어누르듯했다. 머리가 어지러웠다.

석기를 매단 로프가 천천히 바닥으로 내려갔다. 바닥에 널브러진 석기의 몸을, 완전히 숨이 끊어졌는지 아닌지를 살피는 검시관의 모습을 보자 몸이 몹시 가려워졌다. 달팽이가 빠르게 온몸을 가로지르는 것 같았다. 견딜 수가 없었다. 기동복을 찢고 몸을 벅벅 긁고 싶었다. 소장이 내 옆으로 다가와 어깨를 다독였다.

"자네, 고생 많았네. 특진감이야."

"사람을 죽이고 무슨……."

표독스런 눈빛으로 나는 소장을 노려보았다. 소장의 얼굴은 금세 딱딱하게 굳었다. 하지만 나는 이미 자제력을 잃고 있었다. 김과 동료들이 뜯어말릴 틈도 없이 조끼를 벗어던지고 기동복을 찢듯이 벗었다. 사나운 손길에 떨어져나가는 단추들이 사방으로 튀었다. 축축한 러닝이 드러날 때 동료들이 몰려왔다. 술 냄새와 땀 냄새가 뒤섞인 쉬척지근한 냄새가 더 몸을 근질거리게 했다. 나는 미친 듯이 벅벅 긁어댔다. 손톱이 지나간 자리마다 벌겋게 살이 부풀어올랐다. 코카인을 코에 쑤셔넣고 싶은 마음이 간절했다. 몸 속 구석구석을 향해 방사형으로 퍼져나가는 기이한 쾌감. 과거와 더 먼 과거, 현실과 더 새로운 현실, 동물과 식물, 꽃과 벌, 석기와 다른 석기, 나와 다른 나……. 그 모든 것과 내가 한꺼번에 뒤엉켜 구별되지 않는 낯설지만 황홀한 세상으로, 그보다 더 먼 세상으로, 나와 세상을 구별할 수 없는 곳으로 끈적끈적한 액체처럼 흘러가고 싶었다. 그 여름날처럼.

나는 사직서를 소장 앞에 내밀었다. 무단결근 삼 일 뒤였다.

"자네가 한 행동은……. 직무유기에 공무집행방해……. 구속감이지. 내가 소장인 것을 행운으로 알아."

소장은 자신이 윗선에 손을 써 구속을 막았다고 공치사를 늘어놓았다. 내가 구속되면 소장도 무사하지는 못할 것이다. 나는 소장 얼굴을 빤히 내려다봤다. 자신의 출세에 흠집이 날까 전전긍긍한 흔적을 쉽게 찾을 수 있었다.

"황석기와 어떤 사이인가?"

소장은 야릇한 웃음을 지으며 물었다.

"연인 사이였습니다."

나는 무심하게 말했다.

"흥, 꼴같잖게 연인! 황석기는 마약중독자였는데, 그럼 자네도 했겠네?"

소장은 입꼬리를 잔뜩 올리며 나를 노려보았다.

"예."

대답이 떨어지자마자 서류뭉치가 얼굴로 날아왔다.

"개새끼, 완전 사이코패스 아냐. 이런 새끼가 어떻게 그동안 살아남았지. 넌 우리 소의 수치야. 썩 꺼져!"

소장실 앞에 김이 서 있었다. 우울한 얼굴로 종이가방을 내밀었다.

"125번이 남긴 거야. 신발을 버리려고 봤더니 그 속에 편지가 있더라구."

나는 받아든 종이가방을 선뜻 열어볼 수가 없었다. 지하철을 타고 원룸으로 오는 동안 계속 부둥켜안고만 있었다. 마치 석기의 유골을 안고 있는 기분이 들었다. 시신을 인계할 가족이 없었던 석기는 화장되어 교도소 공동묘지로 갔다고 한 김의 말이 떠올랐기 때문일 것이다.


운동화는 너무 깨끗해 신을 수 없었다. 낯선 이름으로 들어온 신발이었지만 나는 네가 넣었다는 것을 단번에 알았지. 운동화를 받는 순간 놀랍게도 내 모든 얽힌 감정들이 녹아내리더구나. 양말 속, 짓눌린 더듬이에도 촉촉한 물기가 도는 듯했지. 이제 담담하게 사형 날을 기다릴 수 있을 것 같다. 너와 내가 한몸이었다는 사실을 잊지 말아라. 자웅동체. 내가 죽으면 너도 곧 죽을 수밖에 없는 운명이지. 내 몸에서 빠져나간 너를 찾기 위해 아니 너와 닮은 사람을 찾기 위해 나는 많은 사람을 죽였다. 그들은 내 더듬이를 몹시 징그러워했고 까만 손톱으로 내 영혼을 죽였어. 그들은 내 유전형질과 맞지 않았던 거야. 나의 유전형질에 맞는 것은 오직 너, 너 하나였다.

　물을 한 컵 마시고 눈을 감았다. 열린 창으로 들어온 바람이 얼굴을 감쌌다. 따스하면서도 서늘했다. 사람의 손길 같았다. 내 손이었다가 석기의 손이었다가 일순 그 누구의 것도 아닌 손길이었다. 시계의 시침과 분침이 손길을 따라 한없이 느리게 움직이는 것 같았다. 까마득한 우주 공간에 떠 있는 기분이었다. 불쑥 얼굴 하나가 커다랗게 떠올랐다. 아기, 소년, 소녀, 노인, 총명, 백치……. 온갖 것들이 뒤섞여 생의 내력을 짐작할 수 없는 얼굴이었다. 나는 눈을 번쩍 떴다. 끈적끈적한 달팽이 한 마리가 얼굴에서 뚝 떨어졌다. □

# 사이프러스의 긴 팔

# 사이프러스의 긴 팔

무덤의 사 분 일 쪽이 파헤쳐졌다. 봉분의 사 등분은 유구의 방향 측정에 유리할 뿐 아니라 원형을 보존하기 위해 자주 사용하는 분할법이었다. 남은 봉분 위로 축축한 흙이 스테이크소스처럼 흘러내렸다. 카메라 플래시 빛이 무덤 속으로 사정없이 쏟아졌다. 입을 벌린 무덤은 잠깐씩 불빛에 자지러질 듯 놀란 얼굴을 하다 이내 어둠에 잠겼다. 무덤 주변은 취재진들이 몰려든 탓에 살인사건 현장이라도 된 듯 소란스러웠다. 그는 눈을 찌푸렸다. 정보가 흘러간 탓이었다. 발굴 현장 보존은 무엇보다 중요했다. 자칫하면 자료의 교란이 일어나기 십상이기 때문이었다. 잘못된 가설은 잘못된 역사를 낳았다. 토질 색깔과 나무뿌리, 벌레 한 마리도 허투루 넘어가선 안 됐다. 꼼꼼하게 기록하고 빈틈없이 채집하고 세밀하게 촬영해야 했다. 그는 천천히 장갑을 꼈다. 봄볕에 드러난 면장갑은 지나치게 하얗다.

여느 날과 달리 그는 무덤 입구로 바로 들어가지 않고 잠깐 눈을 감았다. 깊은 숨을 들이쉬었다. 오래된 흙 냄새가 폐 깊숙이 밀려들었다. 삭고 삭아 더 이상 무엇이 될 수 없는 냄새, 세상의 모든 냄새를 섞어놓은 듯한 냄새, 아득한 냄새였다. 문득 이 세상에 오기 전 저 세상 끝에 무엇인가를 놓고 온 기분에 휩싸였다. 기분의 끝에는 여자가 있었다. 유실수 나뭇가지 끝의 과일처럼 여자가 아슬하게 매달려 있었다. 여자가 집을 나간 지 며칠인가를 손꼽아봤다. 화장실에 꽂힌 생리대, 모가 벌어진 칫솔, 타일 바닥에 길게 붙어 있는 머리카락, 강아지 모양의 실내화는 금방이라도 여자가 방에서 뛰어나올 것 같았다.

허리를 굽히고 무덤으로 들어가려할 때 주머니에서 뭔가 떨어졌다. 반짝, 반사된 빛이 눈을 찔렀다. 접이 부분이 실크로 마감된 머리핀이었다. 아침 출근 전 거실 바닥에 있었던 것이다. 조금만 발에 힘을 주었으면 바스러질 뻔한 핀이었다.

무덤의 구조는 5단 묘광이었다. 깊은 묘였다. 초기 철기시대 최고 수장 무덤, 이라고 그가 말하자 인턴이 받아 적었다. 부식된 목관은 흔적만 남아 있었다. 다뉴세문경 1점, 나무 자루 끼우는 청동투겁창 3점, 나무 자루 묶어 연결한 청동꺾창 1점, 청동도끼 1점, 청동끌 2점을 꺼낸 뒤 그는 허리를 폈다. 흙투성이 장갑을 벗었다. 부장품 위로 먼지가 풀썩거렸다. 부장품들은 모두 깨져 있었다. 일부러 깨뜨린 뒤 묻었다고 그가 말하자 옆에 있던 학예사가 미간을 모았다. 재수 없다는 표정이었다. 독단적인 결론에 동료들이 불편해하는 것을 알면서도 그는 상관하지 않았다. 시대적으로 봤을 때 중국 순자의 영향을 받았다고 판단했다. 순자는 죽은자와 산자의 길은 다르다고 말했다. 부장품을 일부러 깨뜨려 무덤 속에 넣었다는 기록을 그는 알고 있었다.

＊

노크 소리에 쓰던 글을 멈췄다. 지리멸렬하게 이어지는 연구논문이었다. 노트북을 켜둔 채 문을 열었다. 주인이었다. 초인종이 있는데도 주인은 늘 노크를 했다. 여자도 그랬다. 그래서인지 노크 소리는 은밀하게 들렸다. 현관으로 들어선 주인은 뭔가를 캐려는 얼굴로 이리저리 눈을 굴렸다. 여자의 흔적을 찾으려는 것 같았다. 주인은 여자를 탐탁하게 생각하지 않았다. 처진 눈매가 마음에 들지 않는다고 했다. 가슴에 옹이진 사람의 눈매라고, 조심하라고까지 했다.

그는 왜 왔느냐는 눈빛으로 주인을 쳐다봤다. 넉살좋은 주인은 찻주전자를 내밀었다. 앙증맞은 도자기 주전자였다.

뚱딴지 차야!

그는 차 이름에 고개를 갸웃거렸다.

돼지감자를 이곳에서는 뚱딴지라고 불러. 내 별명이기도 해.

주인은 멋쩍은지 목젖이 보이게 웃어젖혔다. 엉뚱한 짓을 잘해서 이웃들이 붙여준 별명이라고 했다. 이모뻘쯤 돼보이는 주인은 누구에게나 반말이었다. 사람 사귀기가 어려운 그로서는 신기하게 여겨질 때도 있었다. 주인은 아래층에서 전통찻집을 운영했다. 전통찻집이란 간판이 세워져 있었지만 커피와 우유, 생과일주스, 샌드위치며 맥주까지 팔았다. 손님이 원하면 청국장찌개나 해장국도 요리했다. 메뉴판 맨 아래에 작은 글씨로 몇 가지 요리가 코팅돼 있었다.

동인은 어디 갔어?

주인은 여자를 동인이라 불렀다. 싫지 않은 호칭이었다. 동거인을 줄여서 부르는 말이었지만 동쪽에서 온 사람으로 들렸다. 동인을 입으로 굴리다보면 애인도 아내도 아닌 동거인이란 통속성에서 벗어난 비밀스러움이 느껴졌다. 동시에 발굴된 유골이 떠오르곤 했다. 밝은 빛에 드러난 유골의 머리 부분은 대개 동쪽과 북쪽 사이쯤에 놓여 있었다. 망자가 저승에서 이승을 엿보고 있는 모양이라 생각했다.

아, 예…… 좀…… 갔어요.

그가 말을 얼버무리자 주인은 더 캐고 싶은 얼굴빛을 애써 숨겼다. 할 수 없다는 듯 다시 뚱딴지 얘기로 넘어갔다.

이태 전 집을 계약할 때 담 밑으로 해바라기처럼 키를 키웠던 꽃나무가 뚱딴지란 것을 짐작할 수 있었다. 주인은 뚱딴지를 만병통치약처럼 늘어놓았다. 땅속에서 겨울을 지낸 뚱딴지는 결이 쫀쫀하고 단맛이 더해 당뇨, 고혈압, 변비, 우울증에 아주 좋다고 했다. 그는 주인의 말에 귀 기울이는 게 피곤했다.

창밖 호수로 눈을 돌렸다. 호수는 막 잎을 틔우기 시작한 은사시나무와 연둣빛 앞산을 담고 있었다. 봄바람에 흔들리는 풍경 위로 바위가 겹쳐졌다. 뚜껑바위였다. 그는 잠자코 바위를 쳐다봤다. 양쪽에 든든한 기단이 세워져 있고 그 위에 둥글넓적한 바위가 올려져 있었다. 멀리서 보면 거대한 솥뚜껑 모양이었다. 선사시대 무덤의 형태와 닮았다.

집 계약을 할 무렵 그는 무덤 모양에 대한 연구를 하고 있었다. 뚜껑돌무덤은 이승의 삶에서 땅 위의 저승을 말한다고 논문을 쓰던 참이었다. 선사시대의 돌무지무덤에서 조금 발전된 무덤 형태였다. 땅을 약간 파고 시신의 무릎을 구부려서 묻었다. 대신 땅 위에 높은 기단을 세우고 커다란 바윗돌을 올렸다. 기단이 높고 바위가 넓고 클수록 무덤의 지위가 높다고 노트북 자판을 두드렸다. 무덤을 통해 그 시대 사람들의 가슴과 머리를 복원하려 애썼다.

집 계약은 순전히 바위 때문이었다. 집은 마음에 들지 않았다. 이층으로 올라가는 나무계단은 장맛비에 불은 듯 걸을 때마다 삐걱거렸고 거실에는 커다란 거미가 느리게 기어가고 있었다. 꽁지에 매달린 탱탱한 주머니는 금방이라도 부화된 새끼들이 쏟아질 것 같았다. 그 많은 거미들과 동거할 생각을 하니 머리가 아찔했다. 혼자 살기에는 너무 넓고 눅눅한 방보다 더 마음에 걸린 건 카페였다. 이차선도로에서 알맞게 들어간 곳에 위치했던 터라 손님들이 드나들기에 좋아보였다. 게다가 조금만 가면 강을 따라 크고 작은 펜션들이 밀집돼 있었다. 그가 마음을 정하지 못하고 창밖을 내다볼 때였다. 호수 건너편, 산 밑에 자리한 바위는 그의 눈을 놓아주지 않았다.

바위는 무덤이 아니었다. 현무암이 비바람에 쓸리고 깎여서 생긴 모양이라는 것을 알기까지는 오랜 시간이 걸리지 않았다. 실망하진 않았다. 생각과 달리 집이 조용했기 때문이었다. 카페의 위치 때문에 파리만 날린다고 때마다 주인은 투덜댔다. 은밀하게 숨어 있어서 그렇다고, 자신의 손맛을 본 사람은 올 수밖에 없다고 큰소리를 쳤다. 그러나 한번 온 손님이 다시 오는 경우는 드물었다. 청국장과 커피가 섞인 독특한 카페 냄새는 손님들을 밀어냈다.

그는 주전자의 차를 도자기 찻잔에 따랐다. 구수한 향과 함께 부드러운 김이 올라왔다. 창으로 들어온 볕이 그의 손등에 내려앉았다. 4월의 볕인데도 따가웠다.

좋네요.

한 모금을 삼킨 그는 짧게 말했다. 빨리 나가기를 바라는 마음에서였다. 혼자 있고 싶었다. 눈치 없는 주인은 뚱딴지 차 만드는 법에 대해 열을 올렸다. 생강처럼 생긴 뚱딴지를 깨끗하게 씻고, 새색시 귓밥처럼 어슷어슷 썰어 볕에 말리라고, 무쇠솥에 노릇노릇 덖어야 제 맛을 낼 수 있다고, 연발로 장전된 총알처럼 끊임없이 뱉어냈다. 그는 주인의 말에 고개를 주억거리며 몇 모금 더 차를 마셨다. 불편한 마음과는 달리 차는 입안을 맑게 했다. 잔향이 오랫동안 맴돌았다. 찻잔에 코를 댔다. 불현듯 여자의 몸 냄새가 맡고 싶어졌다. 봄나무에 꽃눈이 터지듯 냄새는 온몸을 근질거리게 했다.

*

여자는 삼복더위에도 긴 팔 서츠를 입고 있었다. 그가 서츠를 벗겨내려고 하면 더욱 꼭꼭 옷깃을 여몄다. 긴 시간 공을 들여야 벗길 수 있었다. 입술과 귓불, 목덜미, 발가락과 손가락을 차례로 건반을 치듯 살짝살짝 깨물고 빨고 핥아야 했다. 천천히 드러나는 여자의 팔은 길고 가느다랬다. 파릇한 멍이 퍼진 팔은 무덤에 돋아난 잔디 같았다. 주인 없는 묘지에 덤성덤성 돋아난 잔디. 섹스가 끝난 뒤 그는 여자의 겨드랑이에 코를 대고 잤다. 촉촉하게 땀이 밴 겨드랑이에는 부드러운 털이 많았다. 땀 냄새였지만 어쩐지 그에게는 나무 냄새로 다가왔다. 사이프러스 나무. 산자와 죽은자를 연결시켜주는 통로마냥 무덤 주위에 뿌리를 내리고 있던 나무. 지중해 지역에 널리 퍼져 있고 그리스 키프로스 섬에서 숭배하던 나무. 섬 이름에서 나무 이름이 유래되었다는 것을 그는 알고 있었다. 매장문화재연구원 발굴팀에 소속된 그가 유럽 시찰을 갔을 때 봤던 나무였다.

그 나무를 남해 율도 부근에서 만났던 날, 그는 오래도록 나무를 쳐다봤다. 고분 발굴로 파헤쳐진 무덤 가장자리에 사이프러스 나무가 서 있었다. 짙푸른 나뭇잎은 편백나무와 닮았으면서도 뭔가 달랐다. 수직으로 뻗어 올라간 나무는 기도를 하는 듯, 가장 순수한 나무의 넋을 담고 있는 듯했다. 지중해 기후에 잘 자라는 나무였던 터라 우리나라에서는 좀체 볼 수 없던 나무이기도 했다.

그날 무덤에서 남녀로 추정되는 한 쌍의 뼈가 나왔다. 모양으로 봐서는 꼭 껴안고 죽은 것 같았다. 그는 돌아오는 길에 머리핀을 하나 샀다. 가게 주인은 수입된 사이프러스 나무로 만든 핀이라 했다. 정교하게 만들어진 리본 모양의 핀을 들고 냄새를 맡았다. 은은한 향이 코끝을 간질였다.

*

여자는 돌아오지 않았다. 벌써 2주가 넘었던가, 모르겠다. 그가 퇴근을 하면 언제나 집에 있을 것만 같았다. 박제된 인형처럼 앉아 있던 여자. 여자가 사라졌을 때 그는 난감했다. 증발하듯 흔적을 남기지 않았다. 메모 한 장, 옷가지 하나 남기지 않았다. 들어올 때도 빈 몸이었으니 흔적이 없는 건 당연한지도 모르겠다. 그는 실종신고를 낼 수도 찾아볼 수도 없었다. 그가 할 수 있는 일이라곤 그저 기다리는 일밖에 없었다.

늦은 오후, 경찰에서 전화가 왔을 때 그는 박물관 전시품의 체계적 분류와 유형별로 묶는 그루핑 작업을 하고 있었다. 박물관 3층 통유리 창에 저녁놀이 핏빛으로 물들었다. 정원에는 개나리, 목련, 진달래, 홍매화가 한꺼번에 피고 있었다. 핸드폰을 귀에 대고 꽃밭을 내려다봤다. 놀빛 탓에 꽃들은 제 빛깔을 잃고 짓이겨져 있는 듯 거무죽죽했다. 경찰의 목소리는 낮고 사무적이었다. 얼마 전 고분 발굴로 토지가 훼손된 것에 대한 고소 건인가 싶었다. 종종 있는 일이었다. 문화재들은 산이나 논, 밭, 도로 심지어 안방 구들장 밑에도 있었기 때문에 고소 건에 휘말리기 십상이었다.

고소 건인가요?

네, 내일 열 시까지 경찰서에 나와주시오.

왠지 경찰의 말끝이 그의 신경을 긁었다.

\*

토지훼손 건이 아니라 성폭행 건이란 것을 안 것은 그가 경찰서 조사실에 한참 앉아 있고나서였다. 조사실은 넓었지만 숨통이 막히는 것 같았다. 창문이 없는 터라 낮인데 형광등이 환하게 켜져 있었다. 컴퓨터 앞에 앉아 진술서를 작성하는 경찰의 정수리로 모든 불빛이 쏟아진 듯 휑한 정수리가 반들거렸다.

몇 번 했어요?

순간 그의 귓불이 화끈거렸다. 성교 삽입횟수를 묻는 말이었다. 홀레붙은 고양이나 개가 된 느낌이었다. 모욕감이 온몸을 훑어내렸다. 차오르는 분노를 애써 누르며 침착하려 했다.

학예사님, 이렇게 나오시면 원칙대로 할 수밖에 없어요.

그가 말없이 눈을 감자 경찰은 경직된 목소리를 냈다. 그때까지도 그는 성폭행범으로 고소되었다는 경찰의 말이 장난 같기만 했다.

고소인이 누구입니까?

그는 눈을 가늘게 뜨고 물었다. 낮고 건조한 목소리가 넓은 조사실을 울렸다. 흰 장갑을 끼고 고분 안에 있는 항아리 조각이나 거울조각을 집어올리며 말할 때의 목소리였다. 시간을 견뎌낸 부장품들은 그의 호명으로 다시 복원되곤 했다.

김시온 씨 입니다.

모르는 이름이었다. 그는 고개를 흔들었다.

이래도 잡아떼실 거예요?

경찰은 한 묶음의 서류를 그 앞으로 던졌다. 한두 장을 넘기던 그의 손이 잠시 멈췄다. 미세하게 떨리던 손가락에 열이 나기 시작했다. 이내 귀밑으로 땀이 맺혔다.

자, 물 한 잔 드시고 정신차리세요. 시간이 길어지면 서로 피곤하잖아요.

경찰도 그의 얼굴빛에 당황했는지 냉수 한 잔을 내밀었다. 그는 천천히 물을 마시며 생각했다. 대체 뭐가 잘못된 것인가. 여자가 고소인이라는 게 믿을 수 없었다. 그는 서류뭉치를 노려봤다. 검은 철권으로 묶인 서류는 그를 성폭행범으로 엮어넣기에 충분한 증거들이었다. 그가 열흘 가까이 보낸 문자들은 스토커로 만들었고, 여자의 멍든 가느다란 팔을 찍은 사진은 폭행범으로 만들었다. 감금의 증거로 현관문 사진이 제출되어 있었다.

그제야 핸드폰에 저장된 여자의 이름이 사이프러스였다는 게 기억 났다. 경찰의 입에서 나온 여자 이름이 생경하게 들릴 수밖에 없을 터 였다. 지난 여름에서 올 봄까지, 여자가 있는 동안 이름을 불러본 적이 있었던가. 딱 한번 지나가는 바람처럼 들었던 것 같았다. 그것은 호명 된 것이 아니었다.

*

열대야가 기승을 부리던 날이었다. 박물관에서도 에어컨 바람에 시 달렸던 터라 현관문에 들어서자마자 창문을 활짝 열고 선풍기를 틀었 다. 늦게까지 책을 읽다 잠자리에 들었다. 선풍기의 눅눅하고 후텁지 근한 바람은 잠을 몰아냈다. 몇 번 몸을 뒤척이다 하는 수 없이 밖으로 나왔다. 나무계단이 유난히 삐걱거렸다. 보름달이 조금 이울어져 있었 다. 텃밭에 뿌리를 내린 허브향이 어둠속에 가득 차 있었다. 카페 마당 을 지나 호숫가로 발걸음을 옮겼다. 웃자란 풀들이 다리에 휘감겨 잠깐 씩 놀라기도 했지만 간간이 불어오는 강바람은 시원했다. 우레탄이 깔 린 바닥은 걷기에 좋았다.

강을 따라 드문드문 들어선 집들은 모두 불이 꺼져 있고, 새 울음소리와 강물 뒤척이는 소리가 리듬을 탔다. 그는 어느새 바위 앞에 섰다. 뚜껑바위였다.

집에서 바위까지는 30분쯤 걸렸던 터라 산책하기 좋은 코스이기도 했다. 새벽에 바위를 보기는 처음이었다. 익숙했던 발걸음이 자주 멈칫거렸다. 순간 바위 꼭대기에 뭔가 움직이는 것 같았다. 산짐승이라 직감했다. 돌멩이를 찾았다. 사위가 산으로 둘러싸여 있어서인지 종종 멧돼지나 고라니 따위가 출몰하곤 했다. 늦은 퇴근길에 노루를 친 일도 있었다. 불쑥 나타난 노루는 그의 차 헤드라이트를 들이받고 숲으로 사라졌었다. 노루의 머리 부분과 헤드라이트 유리가 부딪히는 소리가 그의 몸을 서늘하게 훑었던 기억이 날 때쯤이었다.

갑자기 풍덩, 무거운 물체가 호수로 떨어지는 소리가 들렸다. 놀란 그는 호숫가로 달려갔다. 허우적거리는 사람의 모습이 달빛에 드러났다. 수영을 할 줄 알았던 그는 바로 물로 뛰어들었다. 머리채를 휘어잡고 물 밖으로 나왔을 때서야 그가 무슨 일을 했는지 알 수 있었다. 여자는 밀가루반죽처럼 늘어져 그의 곁에 누워 있었다. 자갈을 핥는 물소리만 들릴 뿐 사위는 조용했다. 그는 119에 신고하지 않고 여자를 업었다. 그렇게 해야만 할 것 같은 알 수 없는 힘이 그의 등을 밀었다. 축 늘어진 탓에 여자는 꽤 무거웠다. 여자의 얕은 기침소리와 심하게 몸을 떠는 진동이 그의 등으로 전해졌다.

집 거실에 웅크린 여자의 입술은 파랗게 질려 있었다. 그의 몸은 후텁지근한 공기로 흠뻑 땀에 젖었다. 그는 여자의 젖은 옷을 정신없이 벗겨냈다. 알몸을 이불 속에 묻었다. 불현듯 욕정이 지글거렸다. 그도 이불

197

속으로 들어갔다. 옹관묘 속에 누워 있는 기분이 들었다. 여자가 정신이 들 무렵 그는 이름을 물었다. 어색한 공기를 밀어내기 위해서였다. 여자의 입에서 희미하게 새어나온 이름은 그의 귓가를 스쳤다. 바람에 쓸리는 나뭇잎처럼, 새의 날갯짓처럼 스쳤다. 시온, 김시온이라고.

\*

경찰서 강화유리문을 밀고 나올 때 그의 눈에 카메라 플래시 불빛이 쏟아졌다. 많은 사람들이 몰려들었고 욕설과 함께 날계란이 날아왔다. 그의 가슴팍으로 날아온 계란은 감색 슈트를 적시며 끈적하게 흘러내렸다. 비린내가 역겨웠다. 기자들은 집요하게 물고 늘어졌다. 왜 성폭행을 했나요?

그는 입을 꾹 다물었다. 아무 말도 하고 싶지 않았다. 주차장이 가까이 있었지만 걸어갈 수가 없었다. 옷을 잡아당기고 가로막는 사람들로 꼼짝할 수 없었다. 올무에 걸린 짐승 꼴이었다. 움직일수록 더욱 조여드는 듯했다. 가까스로 경찰이 길을 터주는 바람에 차에 오를 수 있었다. 그는 의자 깊숙이 몸을 묻고 창밖을 봤다. 몰려든 사람들은 하나둘씩 사라졌다. 경찰서 앞마당에 선 두 그루 벚나무에는 꽃이 활짝 피어 있었다. 눈이 시렸다. 바람도 없는데 꽃잎이 허공에 날렸다.

왜 묻지 않나요, 여자의 목소리가 들리는 듯했다. 집에 머문 지 한 달이 지난 뒤였다. 그가 베란다 의자에 앉아 담배를 피우고 있을 때였다. 그때껏 그는 여자에게 아무것도 묻지 않았다. 미루어 짐작할 뿐이었다.

유물과 유적들처럼. 자살시도와 멍자국, 그리고 그가 사준 핸드폰에서 간간이 흘러나오는 남자 목소리……. 그는 여자의 물음에 대답하지 않고 그녀의 눈을 쳐다봤다. 차갑고 불안해보이는 눈빛이었다. 그 눈빛은 좀 섬뜩한 데가 있었다. 여자는 천천히 입을 뗐다. 생전 열릴 것 같지 않던 입에서 나오는 말이라 그는 귀를 세웠다. 나를 믿지 마세요. 믿는 것이 진실이 돼버릴 수 있으니까요.

*

'학예사, 성폭행'이란 지방신문 가십난 제목을 노려봤다. 이어 신경질적으로 신문을 접었다. 업무에 몰두하던 직원들이 일제히 그에게로 고개를 돌렸다. 빈틈없고 반듯하던 그가 저지른 일에 모두 황당해하면서도 호기심 가득한 얼굴들이었다. 가슴이 답답했다. 아직 퇴근 시간이 멀었지만 차를 몰았다. 여자를 만나야 했다. 발끝에서부터 올라온 피가 머리로 몰렸다. 머리가 뜨거워졌다. 그럴수록 액셀러레이터를 힘껏 밟았다. 벌겋게 볼이 달아오른 얼굴이 룸미러에 비쳤다. 수치스러웠다. 그 감정은 벌레처럼 몸속을 기어다녔다. 길이 점점 좁아졌다. 2차선으로 접어들자 가파르고 구불거리는 길이 자주 나타났다. 급기야 조잡한 터널이 나타나길 반복했다. 가까이 군부대가 있는지 군용차량들이 앞을 가로막아 속도를 낼 수 없게 했다. 벌써 날이 어두워지고 있었다.

여자가 집에 있는 동안 그는 일찍 퇴근했다. 일없이 고속도로를 달리지도 않았고 동료들과 쓸데없는 술자리도 피했다. 오랫동안 혼자 생활했던 그에게 알 수 없는 생기가 돌았다. 곧장 집으로 가지 않고 마트에 들렀다. 마블링이 잘 된 꽃등심과 싱싱한 새우, 붉은 치커리, 단호박 따위를 쇼핑백 가득 담을 때면 묘한 기분이 들었다. 지긋하고 신물나게 했던 사랑을 생각했다. 그는 사랑을 믿지 않았다. 그러나 여자의 건조한 얼굴빛에 안달했다. 사그라지는 불씨를 살려야 할 것 같은 조바심이 일었다. 그가 휴대용 가스레인지를 식탁에 올리고 야채들을 씻는 동안에도 여자의 얼굴빛은 달라지지 않았다. 문득 분묘에서 발굴된 유골을 바라보는 느낌이 들었다. 그런 날은 잠자리에서 집요하게 여자를 탐했다. 그의 손끝과 혀끝만이 여자를 원래의 모습으로 복원할 수 있다는 듯.

합의를 보세요. 구속취하서만 있으면 기소유예될 겁니다. 그렇지 않으면 쓰나미가 닥칠지도 몰라요. 성폭행이란 게 참 묘해요. 증거보다 피해자의 입에 좌지우지된다는 뜻이죠. 전자발찌 선물을 받게 될지도 몰라요.

경찰의 말이 귓속을 파고들었다. 조사받을 때 그는 결백을 주장했다. 서로 합의 하에 관계를 맺었다고 했다. 그의 마음은 파헤쳐놓은 무덤 꼴이었다. 당돌하게 젖가슴을 내민 듯한 봉분을 포클레인의 커다란 쇠붙이가 덥석덥석 물어뜯어놓은 것을 볼 때면 기분이 찜찜해지곤 했다. 누구를 위한 발굴인가. 죽은자들은 드러난 자신의 과거를 좋아할 것 같지 않았다.

그는 국도변에 차를 멈췄다. 여자에 대해 아무것도 몰랐다. 집이 어디인지 어디에 사는지. 내비게이션에는 경찰이 알려준 주소가 찍혀 있었다. 경로이탈이라는 전자음만 거듭 나왔다. 전조등 불빛에 이곳은 38 선입니다, 란 표지석이 드러났다. 삼거리 중앙에 세워진 표지석을 보자 아슬한 경계선에 서 있는 기분이 들었다. 그는 한숨을 내쉬었다. 손에 힘을 주고 주머니 속 핸드폰을 꺼냈다. 사이프러스를 터치했다. 미세하게 손이 떨렸다. 비상 깜박이에 맞춰 심장 박동소리도 빨라졌다. 소쩍새 울음소리가 요란했다. 자지러질 듯한 신호음만 길게 이어졌다. 맥이 풀렸다. 핸드폰을 닫으려 할 때였다. 저편에서 들려오는 소리. 여자가 아니었다. 쇳소리가 섞인 높고 신경질적인 남자 목소리였다. 그는 치부를 들킨 듯 황급히 종료 버튼을 눌렀다.

*

그는 삐걱이는 계단 소리에 일어났다. 시계는 아홉 시를 가리키고 있었다. 새벽까지 뒤척이다 이른 아침에 잠이 든 것 같았다. 출근하지 않은 지 벌써 나흘이 지나고 있었다. 결근계를 전화로 말했을 때 박물관 행정실장은 그를 위로했다. 천천히 일을 잘 마무리짓고 나오라고 했다. 하지만 진심이 아니란 것을 그는 알고 있었다. 박물관 이미지를 더럽힌 그를 하루 빨리 도려내고 싶다는 것을. 성마른 행정실장이 점잖게 말하는 데에는 그의 능력을 무시하지 못하기 때문일 것이다. 그는 매장발굴에 뛰어난 감각을 지니고 있었다.

주인은 들고온 쟁반을 식탁에 올리고 보자기를 벗겼다. 고소한 참기름 냄새가 위를 자극했다. 며칠 동안 제대로 먹은 적이 없었던 것 같았다. 따뜻한 미역국과 통깨가 뿌려진 파릇한 봄동무침, 노릇하게 구워진 갈치가 놓여 있었다. 그는 식탁의자를 바싹 당겨 앉았다. 뜨거운 미역국이 목을 타고 내려가자 허한 속이 기운을 찾는 것 같았다.

　무고죄로 고소해.

　식탁 앞에 앉아 반찬그릇들을 앞으로 밀어주던 주인의 말에 그는 잠깐 고개를 들었다. 주인은 민망한 얼굴로 그를 쳐다봤다. 마치 자신이 뭔가 실수했다는 표정을 지었다.

　속이 시원하네요. 속에 있던 불덩이가 쑥 빠진 것 같아요.

　그 말은 사실이었다. 여자가 성폭행범으로 고소한 사실을 알았을 때부터 그는 무고로 쌍방고소를 하고 싶었다. 그동안의 증거들을 제시하면 그녀를 교도소에 보내고도 남았다. 그러나 치올라오는 마음을 그는 계속 꾹 눌렀다. 왜 그런지는 스스로도 알지 못했다. 어쩐지 그래서는 안 될 것 같았다. 완전한 복원에 실패한 느낌이 그를 괴롭혔다.

　내가 조심하라고 했지. 이런 사달이 날 줄 알았어.

　주인은 모처럼 인정받은 것에 신이 난 듯 여자의 험담을 늘어놓았다.

　남자가 찾아온 적이 있었어. 멀쩡하게 생겼더라구. 한바탕 싸움이 벌어지는지 악다구니와 손찌검 소리, 유리잔 깨지는 소리, 우는 소리. 생난리가 났었어.

　주인은 한 달 전 그가 출장갔을 때 남자가 찾아왔던 얘기를 했다. 워낙 여자에 대해 말하는 걸 듣기 싫어했던 탓에 그동안 말하지 않았던 것 같았다.

*

　남자에게서 전화가 온 것은 밤이었다. 다짜고짜 여자의 남편이라고 말했다. 그는 잠이 올 것 같지 않아 얼음을 띄운 위스키를 한 모금 마시고 있던 중이었다. 사건송치 시한 삼일 전이었다. 삼일이 지나면 그의 사건은 검찰로 넘어가고 교도소에 수감될지도 모를 상황이었다. 감옥에 가는 것보다 더 수치스러운 것은 복원의 실패였다. 그녀를 온전히 복원해야 한다는 사명감 같은 것이 그의 심장을 파고들었다.

　형씨, 나 많은 거 안 바라.

　남자는 합의금 일 억을 요구했다.

　김시온 씨를 바꿔주시겠습니까!

　그는 튀어나오려는 욕설을 누르며 말했다. 너무 힘을 준 탓에 목소리가 낯설었다.

　개소리하지 마. 요즘 성범죄가 살인죄보다 무섭다는 거쯤 알겠지. 내가 요 정도로 나오는 거 고마워해.

　빈정거리는 남자의 말투에 그는 더 이상 대화를 이어가고 싶지 않았다. 모멸감이 끓어올랐다.

　야, 개자식아! 성폭행이 아니야…….

　그는 일방적으로 전화를 끊고 가쁜 숨을 내쉬었다. 옆에 있던 위스키 한 모금을 삼켰다. 온몸이 저릿해졌다. 혹 자신이 정말 여자를 성폭행한 것이 아닌가란 생각이 불쑥 들었다. 합의 하에 성관계를 맺었다고 경찰에게 말했지만 그것은 순전히 자신의 생각일 뿐이지 않았던가. 흔쾌히 여자가 몸을 허락한 적이 있었던가. 그가 보낸 수많은 전화와 문자에 한번이라도 답을 준 적이 있었던가. 이런저런 생각들이 머리를 어지럽게 했다.

*

햇살이 따가웠다. 무덤 가장자리에 심어진 사이프러스 나무가 하늘 높이 치솟아 있었다. 그는 고개를 젖히고 짙푸른 나무를 쳐다봤다. 불볕더위를 이기지 못해 잎을 늘어뜨리거나 거뭇하게 타들어간 여느 나무들과는 달리 사이프러스는 싱그러웠다. 황적색 나무껍질은 단단하고 질겼다. 한번 베어내면 다시 살지 못하는 나무여서인지 나뭇잎은 왕성한 생명력을 보였다. 그는 기시감에 잠깐 몸을 떨었다. 어젯밤 꿈속에서 본 나무와 닮았기 때문이었다. 곧 소나기라도 내릴 듯 먹구름이 몰려오고 있었다. 그는 무덤으로 시선을 떨어뜨렸다. 남녀 유골이 발굴됐던 고분은 박제품처럼 엎드려 있었다. 원형을 유지시키기 위해 잔디를 심어둔 것이 오히려 텅 빈 봉분임을 알리는 듯 했다. 뿌리를 내리지 못한 잔디가 누렇게 떠 있었다.

왜 이곳을 찾아온 것일까. 그는 입에 문 담배를 깊이 빨았다. 알싸한 연기가 빈속을 훑어내렸다. 어젯밤 꿈속에서 여자를 봤다. 어쩌면 꿈이 그를 이곳으로 이끌었는지도 모르겠다는 생각이 들었다. 꿈은 너무 생생해서 현실과 구분하기 어려웠다.

그가 깊이를 알 수 없는 커다란 구덩이를 들여다보고 있을 때였다.

옆에 서 있던 여자가 천천히 구덩이로 걸어들어갔다. 흰 옷을 입은 여자는 분분히 날고 있는 꽃잎 같았다. 그가 잡으려 안간힘을 썼지만 소용없었다. 여자를 잡으려들수록 늪에 빠지듯 깊이 가라앉았다. 이어 대형 트럭이 도착했고 대여섯 명의 인부들이 차에서 내렸다. 인부들은 트럭 짐칸을 열었다. 거대한 사이프러스 나무가 누워 있었다. 나무 무게를 이기지 못한 짐칸이 우그러졌다. 인부들은 나무를 차에서 밀어냈다. 그러고 나서 밑동의 비닐을 천천히 벗겨내자 굵은 뼈마디처럼 접히고 꺾인 나무뿌리가 드러났다. 나무 밑동이 제 몸무게만큼 바닥을 누르면서 구덩이로 내려앉았다. 나무뿌리가 여자의 온몸을 서서히 눌렀다. 물 샐 틈 없이 교접하는 게 세세히 느껴졌다. 여자의 갈비뼈들이 주저앉고 어깨뼈는 우그러지고 대퇴부가 분리됐다. 어느 순간 감쪽같이 구덩이가 메워졌다. 짙푸른 나뭇잎들은 천연덕스럽게 바람에 흔들렸다. 여자가 나무껍질 속 물길을 타고 쏴, 소리를 냈다. 물소리는 여자가 그의 귀에 뜨거운 입김을 불어넣으며 속삭이던 목소리처럼 들렸다. 눈을 떴을 때도 그 소리는 사라지지 않았다.

*

그는 차를 몰았다. 직장을 그만둔 지 오래라 서두를 필요는 없었다. 콘솔박스에서 꺼낸 시디를 차에 장착된 시디기 입으로 밀어넣었다. 여자와 섹스를 할 때 틀어놓던 음악이었다. 감미로운 음악은 뱀처럼 그의 몸에 감겨들었다.

빗방울이 점점 굵어졌다. 멀리 휴게소가 보였다. 비가 오는데도 공기는 후텁지근했다. 냉커피를 주문하고 휴게소 식당의자에 앉았다. 사람들이 많았다. 대부분 휴가를 떠나는 것 같았다. 반바지와 슬리퍼를 신고 분주히 왔다갔다하는 사람들을 무료하게 바라보았다. 어느 순간 그는 자신도 모르게 두 손을 그러쥐었다. 온몸의 세포가 곤두서는 것 같았다. 긴팔을 늘어뜨리고 자신 앞으로 지나가는 여자. 몽유병 환자처럼 멍한 얼굴로 휘적휘적 걷고 있는 모양새가 분명 여자였다. 삼복더위에도 긴팔을 입고 있던 여자, 당장 달려가서 여자의 긴팔을 걷어올려 보고 싶었다. 가느다란 팔에 피어난 멍, 푸른 녹을 확인하고 싶었다. 그는 자리에서 벌떡 일어섰다. 의자가 바닥을 긁었다.

식당 문을 밀고 광장을 나왔을 때 눈이 흐릿해졌다. 많은 사람들이 모두 여자로 보였다가 금세 낯선 얼굴로 보였다. 그는 미친 듯이 사람들을 헤치며 지나갔다. 긴팔의 여자를 잡자 기겁하며 소리를 내질렀다. 그러기를 몇 번, 여자는 어디에도 없었다.

천천히 소나기가 쏟아지는 광장에 섰다. 세찬 빗줄기가 몸을 때렸다. 그는 바지주머니에 손을 넣었다. 흠뻑 젖은 머리핀이었다. 칠이 벗겨진 접이 부분에 붉은 녹이 선명하게 드러났다. 붉은 녹은 더 이상 복원할 수 없는 것이었다. 그는 손에 힘을 주었다. 맥없이 바스라지는 소리가 희미하게 들렸다. □

# 갇힘에서 풀림으로

— 이시은 소설집『고래 365』

김나정/ 소설가

## 교도소, 인간극장

발자크는 소설 90편을 엮어 당대 사회상을 그려내고자 했다. 그가 기획한 총서의 제목은『인간희극La Comédie humaine』으로 단테의『신곡La Divina Commedia』에 상대되는 '인간극장'을 그리겠다는 의도가 담겼다. 단테가 지옥, 연옥, 천국을 묘사했다면 발자크는 19세기 프랑스 사회의 인간군상을 담는다. 그리고 이시은 작가는 감옥으로 갔다.

『고래 365』는 '교도소'를 배경으로 인간극장을 펼친다. 발자크가 한 사회를 구성하는 인간들을 묘파하면 당대의 조감도를 그려낼 수 있다고 믿었듯, 이시은 작가는 교도소를 사회의 축소판으로 삼았다. "시설물 사이를 걷다 한 인간의 표본을 그려낼 수 있다. 고아로 마리아집에서 태어나 소년원과 교도소, 갱생보호소를 거쳐 시립공동묘지에 묻히는 인간."

이 소설집에 수록된 작품 중 여러 편이 교도소를 배경으로 삼는다. 교도소란 생경한 공간을 핍진하게 그려낸 이시은의 소설은 읽는 맛이 남다르다. 출입금지 구역의 면모가 생생히 담긴 낯선 세계를 열어준다. 공간의 특수성보다 눈에 띄는 건 살아 있는 인물들이다. 발자크가 인간의 삶에 나타나는 여러 유형에 관심을 가졌듯, 이시은 작가는 교도소에 수감된 인간군상의 모습을 세심하게 관찰하여 세밀히 기록한다.

방마다 자고 있는 여자들의 얼굴을 뚫어져라 들여다본다. 아침점검 때와는 사뭇 다른 느낌이었다. 딱딱하게 굳어진 머릿속에 물기가 도는 듯했다. 입을 벌리고 자는 여자, 모로 누워 인상을 쓰고 자는 여자, 베개를 안고 자는 여자, 이불을 머리끝까지 뒤집어쓰고 자는 여자……. 여자들의 자는 모습을 하나씩 보고 있자니 쓸쓸함이 밀려들었다. 여자들은 길을 잃고 잘못 찾아든 외계인들이 아닐까. 운명의 회로를 따라 이곳으로 모여든 것일지도.

—「층」

재소자들은 담장 안에 갇힌 낯선 존재다. 수감번호로 불리며 죄목으로 특정된다. 수인복은 모두를 평등하게 만들었다. 그녀들은 모두 "똑같은 색깔의 옷을 입고, 똑같은 밥을 먹고, 똑같이 잠을 자는, 인생의 문을 잘못 연 죄로 들어온 여자"들이었다. 하지만 작가는 그들의 사연과 얼굴을 보여준다. 고고학자처럼 재소자들의 내면을 파헤친다. 작가는 판사가 아니라 배심원이 되어야 한다는 체호프의 말처럼 그들을 단죄

하지 않고 한 명의 인간으로 복원시킨다. 목소리를 주고 얼굴을 드러내 보인다.

범죄자들은 여느 인간과 다를 바 없다. 그렇다면 이런 질문이 자연스레 떠오른다. 그렇다면 그들은 어쩌다 범죄를 저지르고 교도소에 수감되었을까. 재소자와 일반인을 가르는 잣대는 무엇인가. 유전자, 불우한 환경, 타고난 성정과 인간 내부의 잠재한 악, 불운의 결과물 등 다양한 이유들이 제시된다.

'죄'를 저지른 사람을 다룬 소설은 '속죄'의 가능성도 묻는다. 인간의 한계와 가능성을 동시에 타진하는 것이다. 인간은 어쩌다 죄를 저지르며 그럼에도 불구하고 어떻게 살아갈 가능성을 발견하게 되는가. 뒤틀린 숙명을 어떻게 다시 쓸 수 있을까. 이는 비단 감옥 안에 갇힌 사람들뿐만 아니라 우연에 걸려 비틀거리는 인간 모두가 던질 법한 질문이다. 상실과 상처에도 불구하고 다시 살아갈 방법은 무엇일까. 예전으로 완벽하게 돌아가는 것이 불가능하다면 어떻게 새로운 길을 낼 수 있을까. 이 소설집은 갱생, 재생을 거쳐 신생에 이르는 과정을 담아낸다.


## 경계를 지운다

고고학자는 과거의 흔적으로 지나간 삶을 복원해낸다. 화석을 보고 그 생물이 살과 피가 돌던 시절을 그려낸다. 지층을 탐색하며 생물들이 살아간 역사를 써내려간다. 작가는 고고학자처럼 재소자들의 외양이나 정보를 통해 그들의 속내를 알아내고 사연을 파헤쳐 그들의 역사를 그러낸다. 속내와 사연을 통해 수감자들은 입체적인 인물로 살아난다.

「층」에는 고고학자를 꿈꿨던 교정직 공무원이 등장한다. '나'는 온몸의 감각을 이용해 여자 재소자들의 마음을 캐낸다. "칙칙한 얼굴빛의 여자에게서 영치금이 없다는 것을, 그 옆에 앉은 여자의 늘어진 뱃살에서 욕망을 읽었다. 사기친 돈을 어떻게 더 큰돈으로 굴릴 수 있을까란 탐욕이 보였다." '나'는 겉모양새만 봐도 속내를 파악할 수 있다고 자신한다. 하지만 재소자 '조진자'의 속내는 좀체 알 수가 없다.

하여 '나'는 재소자 정보를 켜켜이 수록한 '보라미'에서 조진자의 정보를 찾는다. 조진자의 죄명은 유해화학물품 흡입, 그녀는 스물한 살부터 교도소를 들락거린 전과 13범으로 교도소에 들어올 때마다 남자가 있다는 점이 독특했다. 그러나 그 남자들은 진자가 투옥된 후 삽시간에 사라졌다. 하지만 진자는 이번 남자만큼은 다르다고 한다. 말마따나 그는 꾸준히 면회를 온다. 그런데 한 달 전부터 남자의 면회가 끊기자 진자는 미쳐 날뛴다. '나'는 진자의 부탁을 받고 그 남자를 만나러 간다. 기록이나 정보가 다 말해주지 못한 진실을 찾아나선 것이다. "진자의 지겨운 울음소리를 멈추게 하고 싶다거나 면회를 오지 않는 진짜 이유를 알고 싶었던 것은 아니었다. 다만 새로운 희귀종의 모습이 보고 싶었을 뿐이었다. 아무런 희망이 없는, 감옥에 있는 여자의 뒤치다꺼리를 할 남자가 지구상에 존재할까. 지금까지 면회온 것만으로도 남자는 희귀종으로 분류되기에 충분했다."

범죄자들이 악머구리처럼 들끓는 세상에서, 감옥에 들어간 여자에게 순정을 바치는 남자는 희귀종으로 분류된다. 하지만 모텔로 찾아가니 남자는 이미 숨졌다. 그는 진자가 자랑했듯 젊고 잘생긴 남자도 아닌, 병들고 지저분한 노인에 가까웠다. 그는 희귀종이 아닌 지극히 평범한 인간이었다. 환상을 걷어낸 자리에 추레하고 쓸쓸한 죽음만 앙상하게 남았다. '나'는 진자를 배려한답시고 그의 죽음을 알리지 않는다. 그러나 진자가 그토록 남자에게 매달렸던 것이 배우자의 사망하여 받는 귀휴 때문인 걸 알게 된다. 낭만으로 채색되거나 섣부른 휴머니즘으로 인간을 판단하는 건 환상이며 희망에 불과하다. 하지만 그러한 낭만이나 휴머니즘은 아득한 옛날부터 인간이란 종이 기대려한 버팀목은 아니었을까. 그러한 공통분모로 '나'는 관찰자에서 인간 일반으로 환원된다.

내가 몸을 움직일수록 목이 조여왔다. 소리를 치거나 진자를 어떻게 해볼 맘이 생기지 않았다. 눈앞이 흐릿해졌다. 내가 보라미 속으로 들어가고 있는 듯했다. 발이 지워지고 몸통과 팔, 얼굴이 차츰 지워졌다. 바람과 햇빛과 물로 생육된 시간을 지나 아주 더 아득한 시간 속으로 들어갔다. 기억할 수 없는 먼 시간 속, 보라미 지층의 또 다른 종으로.

—「층」

겉모양새나 사연으로 사람을 읽어낼 수 있다고 믿는 것은 관찰자에게 사각지대를 형성한다. 타인의 내면을 읽어내는 건 쉽지 않다. 때론 나의 편견이 정보를 오염시키고 자의적으로 해석하게 만든다. 「사이프러스의 긴 팔」은 발굴 현장에서 시작된다. 학예사인 주인공은 "무덤을 통해 그 시대 사람들의 가슴과 머리를 복원하려" 든다. 그러기 위해서는 "발굴 현장 보존은 무엇보다 중요했다. 자칫하면 자료의 교란이 일어나기 십상이기 때문이었다. 잘못된 가설은 잘못된 역사를 낳았다. 토질 색깔과 나무뿌리, 벌레 한 마리도 허투루 넘어가선 안 됐다. 꼼꼼하게 기록하고 빈틈없이 채집하고 세밀하게 촬영해야 했다." 하지만 이런 과정을 통한 복원이 무덤에 묻힌 사람의 생을 완벽하게 복원해주지는 못한다. 그는 물에 빠진 여자를 구해주고 그녀의 몸을 탐했더랬다. 자신의 곁에 머무는 여자에게 그는 "아무것도 묻지 않았다. 미루어 짐작할 뿐이었다. 유물과 유적들처럼." 여자는 사라지고 그를 성폭행으로 고소한다. 억울하다는 마음보다는 "완전한 복원에 실패한 느낌이 그를 괴롭혔다."

여자는 그의 짐작대로 정의되지 않는다. 그렇다면 그가 알았다고 여기고, 함께했던 여자는 누구인가. 그 여자의 진심은 무엇인가. 그는 복원에 실패했다. 관찰하고 기록하는 사람은 대상의 내면을 파악했다고 자신한다. 하지만 정보나 시간, 겉모양새로 인간의 본모습은 복원되지 않는다. 그것은 단지 껍데기의 재현에 불과하다. 알면 알수록 인간은 불가해한 존재다. "누가 옳고 누가 그른가? 엠마 보바리는 참을 수 없는 여자인가? 혹은 용기 있고 감동적인 여자인가? 소설을 자세히 읽을수록 답을 하는 것이 더 불가능한 일이 되고 만다. 소설이 애당초 아이러니컬한 예술이기 때문이다. (밀란 쿤데라)"

「달팽이 행로」의 교도관인 '나'는 사형수가 된 옛 연인 석기와 재회한다. 한때 둘은 자웅동체인 달팽이처럼 붙어살았다. 마약을 하고 서로의 몸을 탐닉했다. 그러나 형의 죽음으로 나는 석기에게 결별을 선언한다. 그 뒤로 석기는 여섯 명을 죽였고 사형을 언도받았다.

'나'는 그때 야멸차게 석기를 떨쳐내지 않았더라면 이렇게까지 되지는 않았을 거라고 죄책감에 시달린다. 확실하게 연관 지을 수는 없지만 무관하다고 털어낼 수도 없다. 그때 무참하게 돌아선 것이 석기에게는 일종의 사형선고가 아니었을까. 자신이 망가뜨린 탓에 석기는 그렇게 돌변한 것이 아닐까. 몸에 끈적한 달팽이가 붙은 것만 같다. 털어내려도 떨어지지 않는다.

석기는 나에게 유언처럼 편지를 남긴다. "나의 유전형질에 맞는 것은 오직 너, 너 하나였다"라고. 교도소의 임상심리학자는 경계선성격장애자들의 몸속에는 육식과 초식 동물이 함께 산다고 말했더랬다. 범죄를 저지른 석기와 블랙홀에서 빠져나온 '나'를 가르는 경계는 무엇인가. 어떤 때 인간 속의 육식동물이 움직이는가, 알 수 없다. 모든 것들이 뒤죽박죽 뒤엉킨다.

까마득한 우주 공간에 떠 있는 기분이었다. 불쑥 얼굴 하나가 커다랗게 떠올랐다. 아기, 소년, 소녀, 노인, 총명, 백치……. 온갖 것들이 뒤섞여 생의 내력을 짐작할 수 없는 얼굴이었다.

—「달팽이 행로」

작가는 사람의 속내는 도무지 알 수 없다고 말한다. 범죄자와 일반인의 경계는 쉽게 무너지며, 인간 안에는 복잡한 요소들이 자리잡고 있다. 관찰이나 정보만으로 사람을 분류하는 것은 불가능하다. 경계는 쉽게 지워진다. 진정한 관찰자와 기록자는 이 모순을 다 끌어안은 인간의 진실을 복원해낸다. 정물화에서 빛과 그늘로 대상의 입체감을 드러내듯.

## 끝의 시작

감옥에 갇힌 사람들이 가장 바라는 것은 탈출이다. 여기서 '감옥'은 갇혀 있는 상태를 이루는 상징이다. 도돌이표를 찍은 인생, 과거의 상처에서 벗어나는 모든 방법은 '문'이 된다. 도대체 "나를 구원해주는 것, 나의 탈출구는 어디인가?"

「도어」의 화자 '산들'은 교도소에서 빠져나갈 길을 찾는다. 애타게 문을 찾는다. '규'와의 추억이 산들을 부추긴다. 별장털이에 실패해 도주하던 규가 늪에 빠지지만 않았어도 둘은 '리노'에 갔을 것이다. 재소자 '문어'는 자신이 도망치는 걸 도우면 집을 주겠다고 약속했다. 불운한 유년시절을 보냈던 산들은 그늘만 디디며 살았다. 빛이 가득한 곳으로 달아나 좋아하는 사람과 함께 살고 싶다. "목만 남아 있는 규. 늪에서 규를 빨리 꺼내야 했다. 아니, 늪에서 허우적대는 자신을 꺼내야 했다. 제대로 된 진짜의 문을 열어야 한다는 욕망이 들끓었다."

다급한 산들에게 문어는 '5를 찔러라'는 미션을 준다. 5의 목덜미가 산들의 문이 되어줄 것이다. 기회가 주어졌지만 산들은 5를 해치지 못한다. 5에게서 규의 쇄골에서 나던 나무 냄새를 맡았기 때문이다. 책이 쏟아졌을 때 산들은 5에게 쏟아지는 책더미를 막는다. 산들이 규를 좋아한 건 그가 자신을 보호해주었기 때문이다. 그런데 이번엔 산들이 누군가의 보호자가 된다. 서로의 자리를 바꾼 셈이다. 산들은 다친 5를 들쳐업고 복도를 걷는다. 문이 사라진 복도는 고속도로마냥 끝이 보이지 않았지만 산들은 5를 단단히 잡으려 애쓴다. 그렇게 자신을 구한다.

표제작 「고래 365」의 남자는 아내 때문에 감옥에 들어왔다. 한때 고래잡이를 꿈꿨던 나는 꿈을 꺾고 조리사로 살았다. 불 가까이에서 일한 탓인지 불임판정을 받았고, 아이를 열망하던 아내는 돌아선다. 교회를 드나들며 딴사람으로 변했고 다른 남자의 아이를 가졌다. 쓰레기만두 사건을 꾸며내 남편을 감옥으로 보냈다. 고래잡이가 되고 싶었던 그는, 작살에 찔린 고래가 되었다. 감옥 안에서 몸부림을 치며 피를 흘린다. 고래를 잡아 아내에게 먹이고 싶다는 꿈에서 너무 멀어졌다. 과거를 되새길수록 마음은 피를 흘린다. 조리사인 그는 손만 뻗으면 칼을 쥘 수 있다. 칼의 쓰임새는 여럿이다. 음식을 만들 수도 있고, 사람을 죽일 수도 있으며, 고래를 해체하는 데도 쓰인다. 그러나 문신을 하던 365는 그에게 칼의 다른 쓰임새를 보여준다.


선명한 선을 그리는 게 느껴진다. 상처 속으로 먹물이 스며들면 고래는 영원히 내 소유가 될 것이다. 내가 죽는 날까지 나와 생사고락을 함께할 고래가 탄생하는 것이다. 나를 떠나지 않고, 나를 배신하지 않을 작은 고래 하나."

—「고래 365」

고래와 한몸이 됨으로써 그는 비로소 고래에서 놓여난다.

갱생의 출발점엔 '성찰'이 놓인다. 현재 자신이 놓인 자리를 파악하려면 과거를 뒤돌아보는 일이 우선이다. 소설은 과거와 현재의 교차 서술로 이를 가능케 한다. 과거와 현재는 인과관계로 묶인다. 「손」에는 장례 플래너로 각광받다가 아내가 사라진 뒤 손의 감각을 잃은 남자가 등장한다. 아내는 저승의 강을 건너지 못해 헤매는 혼들을 배에 실어 건너게 해주는 뱃사공과 같다며 그의 손을 '카론'이라 부른다. 시신을 수습하는 일에 '의미'를 부여해주며 손의 감각을 높이는 데 도움을 준다. 예민해진 손은 염습에 탄력을 받았다. 아내의 몸을 정성껏 보듬는 솜씨 좋은 손은 시신을 염습하는 데도 성능 좋은 센서였다. 그러나 실적이 올라가고 실력을 인정받자, 아내에게는 소홀해진다. 바깥을 떠도는 아내에게 "남자가 있어도 좋으니 당신 몸만 만질 수 있게 해달라고 나는 구걸하다시피 했다". 아내는 "내가 당신의 도구밖에 안 되는 존재야?"라고 묻는다. 죽은 자를 수습하기 위해 살아 있는 사람을 등지는 상황이 발생한다.

이런 전도현상은 그가 일하는 상조회사 모습에서도 나타난다. "삼일장이 끝나는 내일이면 우리 지점의 붉은 숫자도 하나 올라갈까. 붉은 숫자는 저승으로 보낸 사람의 숫자를 의미하지만 어쩐지 괴물처럼 보인다. 아파트 붕괴나 지하철 충돌 따위의 대형사고로 사람들이 떼로 죽기를 바라는 괴물." 아내가 사라지고 난 뒤, '나'의 손은 고철덩어리처럼 변한다. 자꾸만 바닥을 치는 실적과 무뎌지는 손의 감각, 사라진 아내로 괴로워하던 '나'는 다른 여자의 몸을 돈을 주고 산다. 아내의 말마따나 타인의 몸은 도구가 된다. 죽음이 실적이 되고 시신이 상품이 되는 상황은 관이 뒤바꾸는 사건으로 극대화된다. 정성껏 염습했던 시신은 엉망진창이 되어 돌아온다. 죽은 자를 편히 보내주던 카론의 손은 죽어 버렸다.

소설의 말미에서 아내는 망가진 시신이 되어 돌아온다. '나'는 손수 아내의 시신을 수습한다. 이 과정은 소설에서 소상하게 그려진다. 아내를 수습하는 과정은 어긋났던 과거를 바로잡고 죽음과 삶을 잇는 '카론'의 손이 되돌아온 모습을 그린다. 작별의 과정은 시신을 수습하는 과정과 맞물린다. 이물질을 털어내고 몸에 난 구멍을 막아주고 붕대로 꼼꼼하게 감아준다. 화장을 해주고 수의를 하나씩 입혀준다. 하얀 두루마기에 감싸인 아내는 눈송이 같고, 벌어진 입술은 웃고 있는 것 같다. 아내를 안고 관에 누운 뒤 포장은 끝난다. "삶과 죽음을 연결시키던 손……. 이제 삶과 죽음이 확실하게 분리되는 게 느껴진다." 죽음으로 밥벌이하던 손, 살아 있는 몸으로 죽음을 포장하던 손은 더 이상 움직이지 않는다.

「노마드 애인」에서 애인과 헤어진 나는 그가 주었던 물건들을 하나씩 바다에 수장시킨다. "재가 생일선물로 사준 머리핀, 출장을 다녀오며 사온 만년필, 자신의 고향에서 가져온 조약돌, 금속 책갈피, 펜던트……. 파도에 떠밀려 멀리 사라지는 물건들을 바라보노라면 수장이 아니라 방생을 한 느낌이었다." 버리는 행위는 '방생'에 빗대진다. 매어 있던 상태에서 풀어내는 행위로 변모된다. 노마드는 정착생활의 반대편에 놓인다. 나이가 들어간다는 불안감으로 결혼한 애인에게 연연하던 나는 비로소 자신을 관계에서 해방시킨다. 새로운 삶은, 이전 삶을 보내고 난 '끝'에서 시작된다.

「담배꽃」의 부부는 네 살배기 아이를 잃었다. 고향에 내려와 남편은 담배농사를 짓고 아내는 방에 틀어박힌 채 삼 년이 흘렀다. 부부는 여전히 죽은 아이에게 붙들려 있다. 아내는 아무것도 버리지 않겠다고 고집을 부린다. 죽은 화분, 타원형 식탁, "나는 아직도 아내가 옷장 깊숙이 많은 것들을 숨기고 있다는 것을 알고 있다. 태어난 지 일주일 만에 떨어진 아이의 배꼽, 처음으로 잘라낸 보드라운 머리카락, 손톱, 발톱, 배냇저고리……. 그리고 작명소에서 만들어준 아이의 이름표." 부부는 아이에 관한 것을 일절 입 밖으로 꺼내지 않는다. 하물며 이름까지. 죽은 아이를 외면함으로써 죽은 듯 살아간다.

이 작품은 이런 부부가 아이와 작별하고 삶으로 돌아서는 과정을 첫 굴-왕버들-엄나무-막굴-약수탕의 장으로 나누어 그린다. 첫 굴과 약수탕 사이에는 땔감이 되는 나무들이 등장한다. 왕버들은 죽음을 받아들이는 계기를 마련해준다. 작년에 온 태풍은 천연기념물로 지정된 왕버들을 쓰러뜨렸다. '나'는 자신의 유년의 근거와 정신의 뿌리가 송두리째 떠내려갔다고 여긴다. 왕버들의 죽음은 아이의 죽음과 맞물리고, 아내는 몸통만 남은 왕버들을 보고 아이의 이름을 부른다. 외면하고 함구했던 죽음에게 말문을 튼다. '엄나무'에서 밤 외출을 단행한 아내의 뒤를 쫓던 나는 숲에서 길을 잃는다. 그리고 자신이 이제껏 외면했던 절망과 대면한다. "갈아엎은 담배 밭고랑에 털썩 주저앉자 의식의 언저리를 떠돌던 말이 불쑥 수면 위로 솟구쳤다. 그래, 내 능력은 이것밖에 안

돼……. 그것은 아이의 식어가는 몸통을 부둥켜안았을 때 나를 사로잡은 절망의 언어였다." 귀신을 쫓는다는 엄나무 앞에서 아내는 미친 듯이 춤을 춘다. 자신에게 붙은 무언가를 털어내듯이. 일그러진 아내의 표정이 비수처럼 날아와 박힌다. '나'는 아내의 몸을 끌어안는다. 이 지난한 과정을 거치고 나서야 아내는 붙들고 있던 것들을 놓아준다. 고양이를 풀어주고 지니고 있던 환희의 부스러기로 뒷산에 묻어준다. 애도와 이별을 거친 뒤 다른 세계가 찾아든다. 그저 꽃을 따주어야 담뱃잎이 더 넓고 고운 색깔을 낸다기에 몽우리가 맺히기 무섭게 꺾어버리기만 했던 담배꽃이 비로소 예뻐 보인다.

이 소설에서 담뱃잎을 찌는 과정은 도자기를 굽는 과정에 비유된다. 왕버들과 엄나무를 땔감삼아 부부는 화장하듯, 아이를 보내준다. 그 뜨거운 불길을 거친 부부에게 물이 찾아든다. 아내는 약수탕의 물을 마시고 남편은 빗소리에서 떠나가는 아이의 발자국 소리를 듣는다.


가느다란 불줄기가 마른 장작을 들쑤셔서 금방 센 불길이 치솟게 만든다. 나는 가만히 빗소리에 귀를 기울인다. 비는 밭에 버려진 담배꽃을 밟고 엄나무잎과 굴참나무잎, 텃밭의 호박잎, 옥수숫잎을 차례로 밟으며 나에게 다가온다. 자박자박, 어느새 빗소리는 아이의 발자국 소리로 변한다.

— 「담배꽃」


놓아주어야만 새로 시작되는 것들이 있다. 갱생, 재생, 신생은 작별에서 출발한다.


## 냄새와 나무, 살아 있는 것

이시은 소설에선 냄새가 난다. 발 냄새, 땀 냄새 등 사람의 몸에서 얼마나 다채로운 냄새가 나는지를 일러준다. 그 냄새는 역한 감정을 일으키지만 그리운 것들을 떠오르게 하는 촉발제가 되기도 한다. "산들은 코를 간질이는 냄새에 눈을 떴다. 나무 냄새였다. 규의 냄새이기도 했다.(「도어」)" 다른 감각과는 달리, 후각은 대상과의 직접적 접촉을 요구하지 않는다. 냄새는 곁에 없는 사람을 떠올리게 하며, 안도감이나 그리움 등의 정서를 불러일으킨다. 무엇보다 냄새가 난다는 건 살아 있다는 증거다. 살아 있는 것들은 냄새를 피운다.


특발성 심근이란 희귀병을 앓던 아이에게서도 지독한 냄새가 났다. 존재를 확인시키는 최후의 안간힘일까. 두엄더미나 썩은 과실에서 풍기던 냄새와 별반 다를 게 없었다. 하지만 세상의 모든 냄새를 다 삭힌 듯 아이의 눈은 맑디맑았다.

—「담배꽃」


호흡은 인간이 생명을 유지하기 위한 가장 기초적인 신체활동이다. 그리고 숨을 쉴 때마다 어떤 냄새가 삶에 틈입하게 마련이다. 냄새는 창살을 빠져나가 공기의 흐름 속에 퍼져나가 자신의 존재를 알린다.

이시은의 소설에는 나무도 무성하다. 작품마다 갖은 나무들이 심겨져 있다. 한자리에 서서 세월을 받아쓰는 나무는 수인囚人을 닮았다. 나무는 제가 태어난 자리에서 갇혀 있다. 환경의 변화를 피하지도 못한다. 비가 오면 젖어야 하고 바람이 불면 흔들릴 수밖에 없다. 언뜻 보면 나무만큼 수동적인 존재는 없을 듯하다.

하지만 나무는 어둠에 뿌리를 내리고 가지를 뻗고 잎을 뿜어낸다. 잎을 털어낸 앙상한 몸으로 겨울을 견디면 새 잎은 돋는다. 나무는 갱생과 재생, 그리고 신생의 삶을 산다.

　　운동장 가장자리에는 붉은 사루비아와 노란 국화가 피어, 내 눈을 시리게 한다. 벽과 창 사이로 난 복도의 거리는 1미터도 안 되는 것 같은데 사뭇 다른 느낌이다. 삶이란 이런 것일까. 밝음과 어둠이 공존하는 인생. 감옥에서도 밝음은 존재한다.

—「고래 365」

이시은 소설집
# 고래 365

지은이_ 이시은
펴낸이_ 조현석
펴낸곳_ 북인
디자인_ 푸른영토

1판 1쇄_ 2020년 10월 17일
출판등록번호_ 313 - 2004 - 000111
주소_ 121 - 842 서울 마포구 서교동 467 - 4, 301호
전화_ 02 - 323 - 7767
팩스_ 02 - 323 - 7845

ISBN 979-11-6512-016-0   03810

이 도서의 국립중앙도서관 출판예정도서목록(CIP)은 서지정보유통지원시스템 홈페이지
(http://seoji.nl.go.kr)와 국가자료종합목록시스템(http://www.nl.go.kr/kolisnet)에서
이용하실 수 있습니다. (CIP제어번호 : CIP2020042359)

이 책은 강원도, 강원문화재단 후원으로 발간되었습니다.